PIERRE DE CABISSOLE

LE CARNAVAL SAUVAGE

roman

BERNARD GRASSET
PARIS

Photo de la bande : Plainpicture/Claire Picheyre

ISBN 978-2-246-83543-1

À Mahaut et Pia

AVERTISSEMENT

Le « carnaval sauvage », qui donne son titre à ce roman, s'inspire de la tradition paillasse telle qu'elle est perpétuée depuis sept siècles au sein du village de Cournonterral, en région Occitanie. Toutefois, s'agissant d'une œuvre de fiction, de nombreuses libertés ont été prises dans la description des coutumes, personnages et événements.

« Nous vivons avec quelques arpents de passé, les gais mensonges du présent et la cascade furieuse de l'avenir. »

René Char

18 septembre 2004 – jour de Pouyes

« Fréquents sont les morts. »

Le second coup de tonnerre a suivi comme un écho : sa déflagration a traversé mon ventre. La pluie est revenue. Une douche qui colle mes cheveux au visage, alourdit mes vêtements. C'est à décourager de tout mouvement. Ou bien est-ce la douleur dans mon ventre ? Ce feu, là, près du nombril, la chair brûlée. Vais-je rester plantée ici, incapable de bouger, jusqu'à ce qu'ils viennent me prendre dans cette ruelle étroite que j'ai dévalée tant de fois, gamine ? On court pour le plaisir quand on est enfant, sans autre objectif que de s'essouffler, transpirer à grosses gouttes, tester la résistance de son cœur et de ses poumons. On s'imagine en train de battre les records de Griffith-Joyner, ou bien poursuivi par des monstres. On rit. J'ai beaucoup ri dans ces rues.

Aujourd'hui, les monstres sont bien réels : ils sont là, devant moi. Il en est sorti de partout. Des cancrelats hors les trous d'un mur, dégringolant les uns sur les autres. Ils me saisiront par la taille – leurs pattes immondes, immenses –, me soulèveront du sol et m'emmèneront. Je hurlerai, par réflexe uniquement, mais ils cogneront, ils cogneront plus fort que les cris et ils me feront disparaître dans quelque trou lugubre d'où l'on ne revient jamais.

Pour l'instant, ils ne bougent pas. Pas un frémissement, pas un geste : ils m'observent, bien campés sur leurs jambes musclées, prêts à me sauter à la gorge. Des gouttes comme des grêlons martèlent mes lèvres entrouvertes, et mon nez, mon front, et mes joues. De chaque côté de la rue, les maisons de village, serrées les unes contre les autres, inclinent leurs façades vers moi, lentement, selon une méthode et une motivation que j'ignore. Et pourtant elles s'inclinent, c'est certain : elles masquent ce qu'il restait de lumière, semblent vouloir m'emmurer vivante. Leurs volets ont tous été fermés. Les fenêtres les plus basses sont aveuglées par des sacs poubelle tendus. Un panneau en bois est fixé sur la vitrine du magasin d'antiquités. Des chevillons en fer le tiennent. Ces chevillons, leur présence, je les vois eux plus que le reste. Peut-être à cause de la rouille qui bave le long de leurs torsades sur le mur et jusqu'aux pavés. Comme le sang le long de ma jambe.

Je n'aurai pas la force d'aller plus loin. À cause de cette blessure, de la fatigue, de mes vêtements trop lourds, de mon ventre. Et à cause des bêtes surtout. Leurs yeux sur moi.

« Fréquents sont les morts. » Les mots de mon père surgissent de nouveau et la manière qu'il a eue de les dire, cet air mystérieux.

Je n'attends rien de mon père, je n'espère pas qu'il surgira pour me sauver. Il n'est pas homme à surgir ni à sauver.

Le vent s'engouffre dans la ruelle étroite, il hurle puis se tait aussi subitement. Et hurle de nouveau. Le froid, mes mâchoires serrées, douloureuses, je tremble. La pluie de septembre, la « drache cévenole », m'a d'abord paru tiède. Elle me glace maintenant.

La meute, elle, est enveloppée par un nuage : les corps fument. Les bêtes se tiennent face à moi, monstrueuses, si proches. J'entends leur entêtante respiration : six hommes. Forcément des hommes. Des prédateurs aux visages masqués. Ils m'observent, ils ne font qu'un : une hydre poisseuse et spumescente, aux contours mouvants.

À aucun moment je n'ai espéré leur échapper. Ou peut-être que si. Je ne sais plus. Je crois avoir compté sur la stupéfaction. Au début tout au moins. Je ne réfléchis plus. Pour ça, ils ont gagné, ils m'ont réduite au tas de chair que je suis. Écumants, hurlant, ils m'ont poursuivie à travers le village, ses rues détrempées, nauséabondes, leurs pavés couverts de lie de vin et de merde.

Je devine leurs yeux hébétés et brillants derrière les masques, les corps transpirant sous les toiles de jute que le raisin a violacées et dont jaillissent le foin, la paille et les rachis de blé. Je connais ce mot, *rachis* : il fait partie de la tradition Pouyes. Je connais tout ça, parfaitement, depuis toujours. Autrefois, je courais avec les bêtes. Excitée, le sourire aux lèvres.

Le froid partout. Partout sauf au ventre, près du nombril, là d'où jaillit le sang et où j'ai posé ma main, digue inutile. C'est un liquide épais, une huile chaude qui passe à travers mes doigts et goutte sur les pavés. Je ne gémis pas. J'ai peur mais ce sang me donne de la force : je suis fière de saigner abondamment devant les bêtes, satisfaite qu'ils observent avec stupeur ce sang de femme presque noir qui imbibe maintenant le bas de mon tee-shirt et une jambe entière de mon pantalon. Ils sont aussi effrayés que moi. La peur a une forte odeur, elle aussi.

La tache écarlate s'étend rapidement. Je le constate en baissant très légèrement la tête. Si je la baissais plus, je perdrais l'équilibre et je tomberais. Est-ce que je vais mourir ?

La force inattendue que me donne la vue du sang. Celle de me redresser et de la regarder, elle.

Elle pour qui je suis revenue. Elle qui se tient debout, face à moi, et qui semble ne rien comprendre. Elle, toujours elle.

Je la fixe en tentant de saisir une dernière fois tout son être. J'espère en emporter le souvenir là où je vais. J'essaie de lui sourire mais cela doit ressembler à une grimace : les pleurs silencieux d'Agnès se changent en un sanglot hoquetant. Elle est défaite mais, même à cet instant, elle rayonne parmi les bêtes immondes, peloton de dégénérés consanguins, idiots interchangeables.

Je sais qu'Agnès est belle, tout le monde sait cela. Elle-même ne l'ignore pas. Une beauté inattendue, unique, une fleur éclose sur un tas de fumier. À cet instant elle est plus que cela, elle est la lumière. Malgré ses yeux rougis et incrédules, ses lèvres tremblantes, ses cheveux mêlés en une masse dense sculptée par la pluie et la lie de vin.

Elle me dévisage, haletante : elle aussi a couru et peine à reprendre son souffle. Elle ouvre la bouche. Je sais le goût de sa bouche. Aucun son n'en sort mais, j'en suis sûre, elle a articulé mon nom, à sa manière, en détachant bien les syllabes : « Ma-ri-a. »

Agnès tient d'une main le bras de mon bourreau et serre dans l'autre le masque qu'elle vient d'arracher de son visage.

Il n'y a plus qu'elle, Agnès « la Blanche ». Autour d'elle et de la lumière qu'elle dégage, tout est de plus en plus flou : une masse brune et grège sous la pluie battante, un décor, des figurants effacés, « des faces A, des faces B ».

Je détache ma main rouge et poisseuse de mon ventre sans en ignorer la conséquence : le sang s'écoule plus abondamment encore. L'hydre recule d'un pas. Agnès, elle, n'a pas un mouvement. Je tends ma main ensanglantée vers celle que j'aime.

Agnès laisse tomber le masque. Entraîné par le flot épais charriant les vidanges de la fête, le masque flapi parcourt quelques mètres avant d'être happé par une bouche de caniveau.

« Fréquents sont les morts. »

14 septembre 2004 – quatre jours avant Pouyes

J'ai roulé cinq heures, passé Montpellier. Au loin, Sète patauge entre étang et mer. Bien avant, je tourne en direction du village. Celui où j'ai grandi. Et qu'on ne quitte pas. Tout y est confortable. Une seule boulangerie, un seul boucher : inutile de réfléchir. Le pain est trop salé, on fait avec. Les très vieux, il n'en reste pas tant, jargonnent un idiome vernaculaire dont les jeunes se fichent. Eux parlent la langue de la télévision et les vieux n'y comprennent rien. On vote peu ici. Parce qu'il fait beau ou qu'on a mieux à faire. Parce que ça ne change pas grand-chose pour le village. Le monde est chaque jour bouleversé, tout se transforme, des révolutions ont lieu. Peu importe : le pain est trop salé, voilà le seul sujet qui vaille.

C'est un village typique : la mairie, une église proprette, deux places avec des fontaines. Hannibal y fit boire ses éléphants. On le dit. Aux fontaines peut-être pas – historiquement ça ne tient pas la route, on le sent –, mais à la rivière qui les alimente, ça c'est certain.

On fabule beaucoup, c'est le sport local. Les vieux fréquentent la place du Thérou, celle avec le boulodrome qui a valu au maire d'être réélu. Encore une fois. Les jeunes, eux, préfèrent la « place à Jo », du nom du bar à tenture rouge Bismarck qui la flanque. La pression y est à 3 euros.

« 20 francs, putain ! Mais au moins elle est pas coupée à la pisse », dit mon père.

Il y a des remparts autour du village. On en est fiers. Ils racontent une histoire que personne n'écoute, une histoire que l'on croit connaître : les chevaliers cathares, les glorieux ancêtres. Tout le monde s'en fiche en réalité, on est simplement heureux de pouvoir compter sur quelques immuables clichés.

Les imbéciles heureux de la chanson, ceux *qui sont nés quelque part*, sont nés ici. Ils s'y reproduisent.

Moi aussi, je suis née ici. Mais je suis partie.

La réussite scolaire m'a aidée à mettre les voiles au moment où ceux de mon âge renonçaient à toute forme d'ambition.

Et pourtant, je reviens. J'arrive bientôt. La tour noire surgit : un paquet de café géant, un immeuble de cinq étages barré d'un bandeau doré. Ce monolithe est un point de repère dans le coin. Ses dorures éblouissantes seraient à l'origine de nombreux accidents de la route. Ça ou le Ricard.

La vision furtive de la tour, vite escamotée par de hauts pins méditerranéens, convoque le souvenir de ma mère : elle avait travaillé deux années à l'usine de café. Avant cela, elle faisait le ménage chez des rupins de la région. Jusqu'au jour où c'était devenu trop dur, « ces foutues douleurs dans le dos, là ». Une formation de secrétaire dactylographe lui avait permis d'être embauchée à l'usine. Lorsqu'on lui demandait quel poste elle occupait, elle répondait fièrement « personnel administratif dans les fonctions support ». Ça n'évoquait rien pour moi. Ni pour personne. Mais ça sonnait bien à l'oreille.

Enfant, j'aimais cet endroit, l'usine, j'y étais fourrée tous les mercredis matin. J'entrais là comme Charlie dans la chocolaterie : mon lot d'aventures m'attendait dans les couloirs de la direction. Les moquettes gris-bleu avec des motifs saumon étaient hors d'âge. Je m'abîmais les genoux et les mains à force de ramper sous les vitres des bureaux pour éviter de me faire repérer. J'étais « en mission secrète ». Les collègues de l'usine m'aimaient bien, j'étais polie, à l'excès (« l'éducation espagnole », se rengorgeait ma mère). Cédant à mes demandes insistantes, elle m'emmenait parfois observer les torréfacteurs en train de turbiner. Le son était intenable mais les immenses machines me fascinaient. Cette manière de brasser puis d'écraser des milliards, pensais-je, de grains. La poudre de café recouvrant tout d'un voile brun. L'odeur était agréable et entêtante. Elle était dans nos vies, toujours, tout le temps : ma mère la trimballait dans la fibre de ses vêtements et, certainement, dans les alvéoles de ses poumons.

Mon père passait à l'usine en début d'après-midi pour m'emmener à la piscine de l'ASPTT. Le chlore a une odeur moins tenace que celle du café. Nettement moins agréable aussi. Petite fille, ma mère avait vu une copine se faire emporter par un courant sous-marin à la plage des Aresquiers. Personne n'avait rien pu faire. Traumatisée, elle avait tenu à ce que je sache nager parfaitement, très tôt. Pour m'en sortir, pour me sauver ou pouvoir sauver quelqu'un, si jamais les événements le nécessitaient.

« Sauver une vie, quoi de plus beau ? » disait-elle.

Elle n'avait jamais sauvé personne. L'occasion ne s'était pas présentée. Quant à se sauver elle-même… elle n'avait pas pu.

Avec ma solide carrure, des jambes toniques et de bonnes capacités respiratoires, je nageais bien. J'y passais des heures. Encore après la fin du cours, je continuais à nager jusqu'à avoir mal aux épaules. Mal partout. Être dans l'eau m'aidait à penser. Avoir mal m'aidait à comprendre ces pensées. Je sais cela maintenant mais je ne mettais pas de mots là-dessus à l'époque. J'avais huit ans. J'avais neuf ans. Et puis dix ans. Je nageais. Ce sont les années où j'étais le plus heureuse mais je n'en avais pas conscience : on ne m'avait pas prévenue, on ne m'avait pas encouragée à saisir et sauver chaque instant avant qu'il ne disparaisse. On n'éclot pas adulte dans le monde qu'on a connu enfant : c'est une découverte brutale à laquelle rien ne nous prépare.

Aujourd'hui, jamais moins de six heures par semaine, je nage pour d'autres raisons : je nage pour ne plus être au monde, je nage comme on fugue, je me détache de tout et je m'absente du reste. Sous l'eau ma peau n'est qu'à moi, j'en oublie le vertige d'exister.

Mon père, lui, faisait des petits boulots, « des trucs par-ci, des trucs par-là ». Il s'occupait bien de moi. On passait du temps ensemble à coiffer mes poupées, à jouer à la marchande. Quoiqu'en bon Espagnol il portât fièrement les couleurs d'un machisme fruste, mes habits de fille – roses bien sûr –, mes déguisements de princesse, mes doudous licornes, mes draps Bambi ne le dérangeaient nullement : on aurait même dit que ça le rassurait. Il me traitait comme une fille. Si aujourd'hui j'aime encore mon père, un peu, c'est très certainement parce que je me souviens de cet homme-là.

« C'est une bonne fille, ma fille », se vantait-il.

Je le satisfaisais pour une raison simple : j'étais l'enfant de la femme qu'il aimait, devant laquelle il était en adoration. J'étais une extension de ma mère, peu importe mon sexe. Le sport aussi nous réunissait. C'était son truc, le sport, et j'avais hérité de son goût pour l'effort physique. Courir d'un point A à un point B me rendait heureuse.

« En plus, ça coûte pas un rond, se réjouissait mon père. À part les godasses. Lève les pieds, Maria, on n'a pas le budget pour une traîne-savates. »

Plus le sport était ennuyeux, plus mon père semblait l'apprécier. La natation, le vélo, la course à pied, marcher à pas rapides pendant des heures dans la garrigue : « les sports de bourrin », comme il disait en tapant du poing la paume de sa main.

« Les sports de pédé, les balles, les ballons, on les laisse aux pédés, hein, fille ? »

À la mi-juillet 98 cependant, il avait cédé à l'achat de l'écharpe tricolore avec l'étoile dorée. Les pédés qui gagnent, ça passe.

La route parcourue depuis Lyon au guidon de ma vieille Suzuki m'a fatiguée. La selle dépecée n'aide pas. À 90 sur la voie de droite, j'ai cessé de me soucier des coups de klaxon avant même d'avoir passé Valence. Quand on roule à la même vitesse que les poids lourds ça les agace. Ils hésitent à se lancer pour doubler. Il suffit de relâcher un peu l'accélérateur, involontairement, pour les mettre dans une rogne noire. Ils sont un peu cons, les chauffeurs de poids lourds. La solitude et RTL en boucle doivent abîmer, à la longue. Je n'aime pas faire de la route, je ne trouve rien de romantique au voyage. Se trouver à un endroit oui, mais s'y rendre… Quand je vais à la plage, c'est pour être dans l'eau. Pour garder la tête au fond aussi longtemps que possible et oblitérer tous les sons autour, le monde avec. Le temps de quelques brasses, sentir mes seins moins lourds et laisser mon ventre frôler le sable. Les embouteillages, les parkings combles, leur lot de touristes cramoisis et gueulards, le sable brûlant sous les pieds, le slalom entre les serviettes… Si je peux éviter.

Les heures passées à nager m'ont permis de fixer quelques convictions stables. Une tout au moins, et c'est déjà beaucoup au regard de ceux qui mettent un pied devant l'autre par habitude, enfilent les semaines d'ennui, les week-ends alcoolisés, les copulations molles et finissent par se rendre compte qu'ils seront bientôt sous terre. Une chose dont je suis sûre : j'aime les femmes. C'est déjà bien d'être au clair là-dessus.

Mon homosexualité, il serait aujourd'hui facile d'affirmer que j'en ai toujours eu conscience. Mais ce serait mentir. Ça n'a pas été une évidence. Il a fallu que je nage beaucoup. Flora, une fille de Normale, dit que c'est « génétique », inscrit en soi. On le saurait depuis toujours, une évidence intime. Sur ce sujet, nos expériences diffèrent. Peut-être parce que je suis née de parents qui ignoraient que cela pourrait les concerner un jour. Peut-être parce que, à la différence de Flora, j'ai grandi dans ce village plutôt qu'à Paris.

J'ai cru un temps être bisexuelle. Je trouvais certains garçons beaux et je prenais cette appréciation esthétique pour du désir. Dans ma prime adolescence, mon corps n'était pas insensible aux garçons. Je trouvais du plaisir aux bécotages de fond de salle de cinéma, aux caresses de fin de soirée. Mais j'imposais naturellement un certain respect, ma voix rauque y étant pour beaucoup. Les gars étaient doux avec moi, polis même.

Je trouvais aussi certaines filles attirantes. Pas celles que montraient les journaux pornographiques que les garçons faisaient circuler sous les tables : les énormes seins siliconés et les vulves sans poils me laissaient indifférente. J'aimais les filles de la vie réelle, les naturelles, celles de ma classe ou de la classe d'en face. Des pores, des imperfections, des désirs. Elles fumaient des cigarettes, buvaient du café, portaient des sweats à capuche Waikiki ou des chandails élimés.

En seconde, au lycée Clemenceau, je m'étais éprise de Mélanie, une blonde dont le visage marmoréen prenait instantanément vie et couleur quand elle souriait. Elle avait de beaux yeux en amande qui disparaissaient presque totalement lorsque je la faisais rire. Nous étions amies, elle copiait beaucoup sur moi, flattant régulièrement mes facilités scolaires alors qu'elle peinait un peu, surtout par fainéantise. Ensemble, nous avions écopé d'un zéro pointé en anglais parce que l'enseignante nous avait suspectées d'avoir triché (en comparant nos copies, il était compliqué de lui donner tort).

« Je ne doute pas de qui copie sur qui, mesdemoiselles, avait lancé madame Peraldi devant toutes les élèves qui se régalaient de la lapidation offerte en ce jour. Mais je vous laisse la possibilité de vous dénoncer. »

Mélanie avait ouvert la bouche mais une pression de ma main sur son genou l'avait dissuadée de parler. Nous avions échangé un regard appuyé et, sous la table, ma main avait cette fois saisi fermement l'intérieur de sa cuisse. L'enseignante nous avait donc renvoyées chez nos parents avec obligation de faire signer notre copie affublée du sceau de l'infamie : un zéro écarlate. Et le même commentaire pour toutes les deux, « copie grossière de sa voisine ».

J'avais une fois de plus imité sans problème la signature de mon père et m'étais même fendue, amusée, d'une réponse obséquieuse : « Très chère Madame, soyez sûre que je réprouve l'écart de ma fille et veillerai à ce que cela n'arrive plus. Bien cordialement. Yann Gaetano. »

Pour Mélanie, cela avait été plus compliqué : ses parents, furieux, l'avaient privée de presque tout. J'avais gardé pour moi le fait d'avoir écrit le mot à la place de mon père et prétendu avoir été, moi aussi, durement châtiée par l'horrible bonhomme.

L'épreuve avait fait naître quelque chose entre nous.

À Pâques, un voyage scolaire nous amena en Italie. À la demande de Mélanie, nous avions partagé la même chambre dans un hôtel bas de gamme près de Milan. Dès la première nuit, Mélanie, prétendant avoir froid, s'était glissée sous mes draps et m'avait embrassée. C'était une première expérience saphique pour nous deux. On minore trop souvent le plaisir des balbutiements. Pas moi. Nous maîtrisions imparfaitement nos propres corps et très mal celui de l'autre, mais une fièvre nous avait saisies et nous nous étions caressées et embrassées jusqu'à tomber de fatigue. Le jour suivant, un œil averti aurait constaté que nous nous fichions des décors figés de Pompéi : nous n'attendions que de nous retrouver le soir. Quant à Paestum, j'en garde en mémoire une herbe très verte, très grasse, assaillant les ruines, une glace au Nutella et, surtout, mon premier orgasme partagé, bien différent des plaisirs onanistes.

« Je vais te boire », m'avait dit Mélanie, provoquant par ces simples mots une décharge électrique en moi et des tremblements de tout mon corps.

L'Italie était une parenthèse et, même si nous étions restées complices une fois rentrées en France, nous n'avions plus jamais couché ensemble. En première, nous étions dans des classes différentes, elle sortait avec un garçon très beau et j'avais rencontré Perrine. Et puis Cécile.

Depuis, Mélanie s'est mariée, jeune bien entendu, avec ce garçon dont j'ai oublié le nom.

*

Le village surgit soudainement, les souvenirs aussi, et, du fond de mon bide, un nœud de spaghettis collants. Il culmine à 203 mètres au-dessus d'un patchwork de garrigues, pins parasols et vignes. Tout le monde ici connaît cette hauteur. 203 mètres. Les vieux comtadins parce qu'on sait ce genre de chose quand on est vieux. Les jeunes parce que la discothèque locale s'appelle « Le 203 » (dit le *Deux-trois*). Je ne prends pas la route qui mène là-haut.

Le paysage viticole, les odeurs tièdes de septembre, leur épaisseur qui semble se matérialiser lorsqu'on passe à travers, et la lumière de la fin d'après-midi charrient quelques sensations plaisantes. Des fragments de pureté et d'innocence enfantine. Les suspensions recrues de ma Suzuki encaissent mal les déformations de la route : je ne pense finalement plus qu'à ma mère. Elle aimait les chemins de garrigue et les étendues de vignes.

« Le vin est mauvais mais les vignes sont belles », disait-elle.

Mon père souriait. Quoi qu'elle dise, le plus souvent, mon père souriait. Elle avait d'autres formules, aussi bien troussées. Je les ai presque toutes oubliées.

Ma mère est morte le jour de mes douze ans : les « foutues douleurs dans le dos » témoignaient d'un cancer. Les médecins n'avaient pas vu. Son cancer, un truc moche et rapide qui désarme avant même d'avoir pu espérer combattre. Ma mère, Sara, a su avant nous, avant les docteurs même, qu'elle ne vaincrait pas l'ennemi intime. Si elle n'a pas lutté, ce n'est pas par défaut de courage mais parce qu'elle savait que rien ne la sauverait.

*

Début juillet, cette année-là. Nous nous promenions dans les rues du vieux Montpellier. Place de la Canourgue, à l'abri d'un platane, ma mère s'était assise.

« La chaleur m'assomme.

— C'est bien la première fois, avait rigolé mon père en lui tendant une bouteille d'eau.

— Là, c'est… différent. »

Elle avait eu un regard que je ne connaissais pas. Il n'était adressé qu'à mon père mais je l'avais vu. Et aussi la manière qu'elle avait eue de baisser la voix.

Le premier jour de septembre, elle avait été admise à Sainte-Thérèse à Sète. En regardant par sa fenêtre donnant sur le bassin de Thau, elle savait que c'était ici que tout finirait pour elle. Elle savait, nous non. Nous étions incapables d'imaginer la vie sans elle. Alors, ça ne pouvait pas être grave. On se croit propriétaire de ses parents, mais la vie est un bail précaire.

« La vue me plaît. Les couleurs, regarde. L'étang : ce vert Empire profond. Tu as remarqué ? Je vais être bien ici.

— Tu seras mieux à la maison quand ils t'auront guérie, l'avait reprise mon père.

— Bien sûr. Mais c'est quand même une jolie vue. De jolies couleurs. »

Ma mère se souciait très peu de savoir ce qui était beau, laid ou ordinaire, n'avait aucun intérêt pour les choses de l'art en général mais, étonnamment, elle était habitée par une fascination pour les couleurs. Elle les connaissait toutes, je pense, et ne ratait jamais une occasion de rafler des nuanciers dans les magasins de peinture ou de décoration. On en avait plein les tiroirs à la maison. Elle remplissait aussi des classeurs de pages arrachées dans des magazines et qui présentaient des palettes à son goût. Elle les annotait.

Sa capacité, quasi magique, à identifier les couleurs et retenir leurs noms, elle me l'a léguée. J'ai plus sûrement hérité de la mémoire de ma mère que de l'intelligence de quiconque. Je me trouve parfois si bête, si lente. Les couleurs : je sais que ça peut agacer parfois mais le bleu, le rouge, le jaune, le violet… ces couleurs n'existent pas pour moi sans leur extension qui les caractérise. Quand j'observe le réel, ce que j'évite de faire le plus souvent, je vois le nom des couleurs. Les boîtes aux lettres de la Poste ne sont pas bêtement jaunes mais jaune citron. Les poubelles de la voirie sont vert Islam ou Pickle, selon les municipalités. Je peux distinguer un vert de Guignet d'un vert Véronèse (ce qui n'est pas simple). Ma mère m'a donc laissé ça, une chevelure épaisse, indocile et une imposante poitrine. Certainement d'autres choses sur lesquelles je n'ai pas encore mis le doigt.

Elle avait profité du soleil tout l'été, avait une bonne mine et cette chevelure de jais d'une épaisseur incroyable. Elle n'avait pas l'air malade, elle était plus forte que l'asthénie ou toute forme de consomption.

Mais un matin, elle était morte. Le 16 octobre 1991.

Ce jour-là et les jours suivants, à la télé, il n'y en avait que pour la « fusillade du Luby's » : aux États-Unis, un type était rentré dans la vitrine d'un fast-food avec sa camionnette. Il avait mitraillé à tout-va, tuant vingt-trois personnes. Ce type avait fait de la mort de ma mère un non-événement. Les personnels hospitaliers ne parlaient que de ça. Je n'en voulais pas au tueur, un fou de plus, un rien-de-rien comparé au tout-puissant cancer. J'en voulais aux victimes. On parlait d'elles, le monde entier connaissait leurs noms et les pleurait. Ma peine ne valait rien comparée à celle des familles des victimes à qui l'on tendait le micro, derrière qui tout un peuple faisait front. Le drap blanc écru tiré sur le corps de ma mère morte avait moins d'attrait que les alignements de cadavres et le ballet des ambulances et corbillards que montraient les caméras de télévision héliportées.

À seize ans, j'ai fait tatouer la date au-dessus de mon coude, « 16 octobre ». Je dois tordre mon bras si je veux le voir. Je ne le fais jamais. Mais je n'oublie pas qu'il est là.

Si on m'en demande la signification, je fais la maline.

« Pour ne pas oublier de me souhaiter un joyeux anniversaire. »

Je récolte quelques sourires et me débarrasse ainsi de la question. Mais depuis qu'elle est morte, je n'ai plus d'anniversaire.

*

Après ça, mon père a dégringolé. J'ai compris qu'il n'avait jamais vécu que pour elle. Il était son homme lige, pas le mien.

J'ai très vite appris l'essentiel : les horaires du bus pour aller au collège, comment tenir une semaine à deux avec deux cents francs de courses (« hors les clopes et le Jack, fille ! »), le savon noir pour bien nettoyer les sols et les meubles en formica, imiter la signature de mon père pour les courriers et parfois les chèques. Je suis surtout devenue championne pour lui donner une allure très digne et tromper la dame des services sociaux que de bienveillants voisins jugeaient régulièrement bon d'alerter. Balances à la con : je n'avais pas besoin d'aide et mon père avait besoin de moi.

« Petite, tout va bien avec ton papa ?

— Oui, madame. On se serre les coudes, papa et moi, depuis que maman est morte. C'est pas facile mais on tient bon.

— Ton papa, il s'énerve parfois, il tape ? Contre un meuble ou un mur ? Ou contre toi ?

— Non, madame.

— Tu me le dirais ? On est entre nous, je ne le répéterai pas.

— Oui, madame.

— Et il boit, ton papa ?

— Oh oui, mais c'est pas souvent. Une bière le week-end de temps en temps. »

La chemise et le pantalon repassés par mes soins, la barbe rasée de frais – là encore c'est moi qui avais œuvré malgré ses jérémiades –, la maison que j'avais récurée de fond en comble finissaient de convaincre. Et puis quelque chose chez mon père, comme un sursaut d'orgueil, quelque chose qui lui rendait brièvement sa dignité. Tenir face à ceux qui jugent. Dans ces moments-là, sans s'être donné le mot, nous étions unis : il ne voulait pas faire mauvaise figure et je ne voulais pas me retrouver en foyer.

Le reste du temps, je n'ai pas su empêcher son enlisement. Je ne me le reproche pas : ce n'était pas mon rôle. Mon seul objectif c'était de nous garder un toit au-dessus de la tête et un coin de bureau pas trop en bazar pour pouvoir travailler.

*

Sancho est blotti contre ma poitrine à l'abri de mon cuir à franges. Il me tient chaud, nous transpirons tous les deux. Le chiot sent fort. Il m'a uriné dessus à hauteur de Nîmes. C'est pas bien grave. Je ne voulais pas le mettre dans mon sac à dos, le museau à l'air : il aurait trouvé le moyen de sauter en marche. C'est un beagle noir avec trois panachures blanches et senois. Il paraît que cette combinaison de couleurs est rare. Je l'ai acheté il y a deux semaines. 120 euros à la SPA. J'aime bien me compliquer la vie.

Le revêtement de la route change. Il a été refait récemment : bien lisse, pas encore de marquage au sol et l'odeur de goudron frais qui tourne un peu la tête.

Il faut ralentir avant le « virage du pendu » et prendre à droite le chemin vicinal qui mène au château d'eau, là où loge mon père. Je roule au pas et évite prudemment les fondrières, les grosses pierres et les plus petites aussi, les tranchantes qui perforent les chambres à air.

Ce chemin de traverse, je le connais par cœur. Mon père est chargé de la surveillance du château d'eau depuis neuf ans. Chirac a débarqué à l'Élysée et, deux jours plus tard, nous avons débarqué ici. Ce job a sauvé le peu qui restait de mon père. Ça l'a sauvé de quitter la maison avec les souvenirs de ma mère partout sur les murs, dans les tiroirs et dans les placards. Il habite le baraquement qui flanque l'édifice et ne paye pas de loyer.

« Ça fait plus d'argent pour les bières ! »

Il en rigole et, plus encore, en tire une improbable fierté.

J'ai parfois la vertigineuse sensation de trimballer mon cœur au bord d'un précipice tant le monde et ceux qui le peuplent m'angoissent. Que mon père se réjouisse d'être ainsi rincé a cet effet sur moi.

Le soleil est bas. Tout est orange tangerine à cette heure-ci. C'est beau mais qui le voit ? Aux vignes que je longe travaille une cinquantaine de saisonniers. Des jeunes pour la plupart, éparpillés par petits groupes. Beaucoup de garçons sont torse nu et quelques filles en brassière ou soutien-gorge : c'est l'heure à laquelle on peut retirer son tee-shirt sans prendre de coup de soleil et sans encore se faire attaquer par les moustiques. Le moteur de ma moto attire l'attention de quelques saisonniers : ils lèvent la tête de leurs ceps. Je fixe droit devant moi. La coquille de noix posée sur mon crâne et mes lunettes Aviator dissimulent la moitié de mon visage mais mon gabarit, mes cheveux longs, ma peau de gitane, mon visage plein d'arêtes révèlent qui je suis. Là où je me dirige, plus sûrement encore. Personne ne s'y rend jamais à part mon père.

Je me tiens bien droite sur la selle, bras tendus. Une attitude pas complètement naturelle.

*

Le château d'eau qui domine les vignes est gris schiste et très laid. À son pied, il y a le *baraquement*, comme dit mon père. Comme si c'était là une appellation prestigieuse, *baraquement*. Il y a là-dedans une sonorité militaire qui lui plaît. Il s'agit d'un préfabriqué à peine amélioré, plus récent que le château mais plus hideux encore : la maison du gardien, mon père. C'en est risible, lui qui n'a jamais rien su garder. Pas même sa femme.

Je laisse les vignes et quelques regards inquisiteurs derrière moi et mets pied à terre devant chez lui. Le moteur coupé, les vibrations s'arrêtent mais, dans mes bras, les fourmis s'agitent encore. Retirant mon casque, je passe la main dans mes cheveux, pas pour me redonner une allure, mon père s'en fiche et je me fiche de son avis à mon sujet, mais parce que les racines me font mal après avoir été contraintes durant des heures. Je suis fourbue et m'en rends compte à peine ai-je posé la moto sur sa béquille et enfin détendu un peu mes jambes. Revoir mon père me met mal à l'aise. Comme il n'a ni portable ni adresse mail, je lui écris de courtes lettres de temps en temps. Il ne répond jamais. Qu'importe, ces messages ne disent rien qui mérite réponse. Ils ne renferment pas non plus le moindre mot d'affection et j'en viens à me demander pourquoi je les écris. Malgré moi, je prends une grande inspiration, comme avant de plonger, et à l'instant où j'expire longuement, la bouche entrouverte, la porte de l'affreuse baraque s'ouvre brusquement.

Mon père porte un jean jauni et trop grand, le même depuis plusieurs semaines à coup sûr, un marcel tendu sur son corps sec et musclé, des Timberland qui mériteraient de passer à la benne. Dans sa main noueuse, il serre une canette de bière. L'homme est prévisible et la canette de Kronenbourg son extension naturelle. Il incarne à mes yeux, sans aucun effort d'originalité, le cliché du raté prêt à trébucher à chaque instant dans la clochardisation. La main en visière au-dessus de son visage émacié, il me scrute comme s'il cherchait à se souvenir de qui je suis. Le soleil dans mon dos n'aide pas. J'ouvre mon blouson et Sancho en surgit. Le chiot se soulage comme une chienne, en ployant ses pattes arrière. Approchant de mon nez l'encolure de mon tee-shirt, je constate qu'en effet il sent l'urine macérée.

Mon père et moi nous toisons un moment avant qu'il ait cette mimique que je connais bien : il ouvre la bouche, baisse légèrement la lèvre inférieure qui dévoile ses dents en désordre, jaunies par la cigarette, et il déplace son menton de droite à gauche. Deux fois. Il veut signifier ainsi qu'il réfléchit mais je suis convaincue qu'il ne pense plus à rien depuis longtemps. Le soleil se lève, mon père se lève. Le soleil se couche, mon père se met devant la télévision. La nuit avance, mon père, à un moment ou un autre, finit par tomber.

Sancho attire son attention : mon père l'observe gratter, à la manière d'un chat, là où il a uriné. Il est pas bien normal, ce chien. Ou peut-être que les chiots font ça. Je n'en sais rien, on n'a jamais eu d'animaux de compagnie chez nous. Une chèvre seulement que mon père avait baptisée Rocinante. Ayant tenté de la chevaucher un soir de beuverie, il s'était retrouvé l'épaule en vrac et le front méchamment amoché. La preuve, s'il en fallait, que les chèvres ne sont pas des animaux domestiques.

« Le clebs, c'est dehors. Y a la corde », indique mon père d'un mouvement de tête sec.

La corde en question est nouée à un poteau. Il y a quelques années, il y avait Rocinante au bout. Des touffes de poils blancs sont toujours prises dans son tressage et il reste, tout proche, disloqué, un bloc de sel à lécher.

J'opine et descends de la moto. Mon dos est douloureux, je rêve de me changer et d'aller dormir. Dormir dans ce lit que je retrouverai dans le même état, défait et la poussière en plus, que lorsque je suis partie, il y a trois ans. J'avais vingt ans. Je ne pensais pas revenir. Mais je ne suis pas parvenue à l'oublier, elle. Elle est en moi, à un endroit que je n'aime pas, malgré moi, malgré elle, car je crois qu'elle ne fait pas grand-chose pour être là. Je dois l'en sortir d'une manière ou d'une autre. En l'emmenant avec moi. J'ai l'audace d'espérer. « Sauver une vie, il n'y a rien de plus beau. » Maman serait fière de sa fifille.

Mon père se retourne et rentre dans sa baraque. Le soleil fait briller le métal du pistolet qu'il porte dans son dos, coincé dans la ceinture.

15 septembre 2004 – trois jours avant Pouyes

On m'a collé Jean-Michel, pour porter les paniers : un débardeur débutant. Pas de cadeau et « Bienvenue au pays, Maria ». J'apprécie mal la blague. Jean-Michel, cinquante ans, n'est pas du coin. Il ne l'a pas dit autrement.

« J'ai cinquante ans, je suis pas du coin. »

Ce n'était pas compliqué à deviner : il est noir. Ici ça ne court pas les rues mais, pour les vendanges, tous les bras sont bons. On fait des concessions. Jean-Michel donne l'impression de vouloir m'expliquer comment il s'est retrouvé ici, chez Leguet, Mas de Tourenque. La discussion ne m'intéresse pas : nous avons trois rangs courts mais ravinés à descendre d'ici ce soir. Quand je travaille, je n'aime pas qu'on m'importune : je suis à ce que je fais.

Miki est cueilleur à l'ouest. Lorsque nos regards se croisent, il m'adresse un grand salut amical. Il l'attendait, capter mon attention, me montrer qu'il est là, heureux de me voir et de me montrer sa stature d'homme. Quand j'ai quitté le village, il avait treize ans. Aujourd'hui, il me fait toujours l'effet d'être un gamin malgré ses larges épaules et ses bras musclés. Je lui rends son salut et son visage s'éclaire comme une ampoule. Je l'aime bien Miki, son air rêveur, son visage qui rougit très vite dans l'effort, ses cheveux blonds en bataille qui tombent sur ses yeux et qu'il repousse machinalement, un geste mille fois répété. Il est drôle aussi, le genre de gosse que les plus grands acceptent avec eux comme une mascotte.

Je lève mon épinette pour lui signifier que je dois travailler. Il brandit la sienne en retour et opine vivement avant de se pencher de nouveau sur son cep. Ici les ceps sont noueux et secs. Ils ressemblent à mon père, la canette de bière en moins.

L'épinette, je la manie agilement, j'ai plusieurs saisons dans les mains et je suis solide. Les hottes se remplissent vite. Jean-Michel multiplie les allers-retours depuis notre rang jusqu'au chenillard garé en bordure de vignes. Je l'ai mal jugé : il est lent mais dur au mal et besogneux. Ça compense. S'il redouble d'efforts c'est aussi parce que, au Mas de Tourenque, les vendangeurs les plus rapides touchent des primes.

Moi, ce n'est pas pour l'argent que je vendange : mes études à Lyon sont prises en charge par l'État et je sais vivre de peu. La force de l'expérience. Je partage un appartement au loyer modéré non loin de l'École avec une grosse fille tavelée d'acné, Jade. Un délicat prénom qui s'ajuste cruellement mal à sa personne.

Ma colocataire, mes études, mes camarades, tout cela je l'ai laissé derrière moi lorsque j'ai décidé de revenir ici pour ces quelques jours de vendanges, quitte à rater une semaine de cours. À l'instant où je me suis installée au guidon de ma moto, j'ai revêtu une nouvelle peau. Pas celle de la Maria d'ici, elle n'existe plus. Une autre que je n'ai pas encore complètement investie.

Il fallait prétendre avoir une raison de revenir, donner un peu le change. Je n'avais pas longtemps hésité, l'idée courait et rebondissait depuis un moment en moi. Un coup de fil à Leguet.

« Histoire de voir mon père. Me faire un peu d'argent.

— OK, pour la dernière ligne droite. On n'a jamais trop de bras et j'ai un débardeur orphelin : son cueilleur s'est méchamment sectionné la main. Con de lui. Mais une chose, Maria : promets-moi qu'il n'y aura pas d'embrouilles avec les copains. »

Je lui avais assuré qu'il pourrait compter sur moi. On ne me remarquerait même pas.

« Ah ah, bien sûr, tu es le genre de fille qu'on ne remarque pas ! Allez, arrête tes conneries et dis-moi juste que tu feras de ton mieux pour ne blesser personne. Cette fois.

— Dorian est suffisamment grand et con pour se blesser tout seul.

— C'est vrai qu'il est con, ce con, mais j'ai besoin de lui. Alors, tu fais profil bas. Lundi, huit heures. Et si ça fait plaisir à ton père de te voir, en plus… »

El buen patrón. S'il pense que je suis sensible à son discours captieux… Mon père, Leguet s'en fiche complètement, et les « embrouilles » presque autant. Je dépouille vite mes rangs, je n'ai jamais laissé une mauvaise grappe aigrir ma hotte : voilà l'important pour lui. Ça m'a assuré de nombreuses primes par le passé.

Mais je ne suis pas là pour l'argent. Je suis là pour cette fille dont j'ai aperçu la chevelure blonde à une vingtaine de rangs, puis à une dizaine. Plus près maintenant encore. Agnès. Je suis là pour elle mais plus elle approche, plus je me demande ce que je fais ici.

Agnès sait que j'ai embauché ce matin à huit heures : mon nom est apparu sur le Palm qu'elle tient dans sa main. Maria Gaetano. Comment a-t-elle réagi ?

Bientôt trois ans que nous n'échangeons plus de courrier et je ne connais pas son numéro de portable. Aucune de nous n'en avait quand je suis partie. C'est moi qui ai coupé les ponts.

Cinquième au concours d'entrée de la prestigieuse institution scolaire, profil atypique (extraction populaire, classe préparatoire provinciale peu cotée) : les enseignants fondaient de grands espoirs sur moi. Je m'étais mise à y croire avec eux. Je ne voulais pas me laisser distraire. Je m'étais convaincue que c'était la meilleure chose à faire. C'était devenu trop pénible d'attendre fébrilement de ses nouvelles. Me concentrer sur mes études, m'y abandonner, c'était ce que je devais faire. Je prenais ma résolution pour du courage. Aujourd'hui, je sais que c'était lâcheté que de ne pas laisser mes sentiments me guider. Comme à la mort de ma mère. Faire front. Toujours. Le vrai courage, c'est peut-être de pleurer, de ne pas faire semblant d'être forte, accepter ce qu'on est sans dresser de pare-feu autour de soi. Achille et Ulysse pleurent : leurs destins ne peuvent faire l'économie des larmes. Sur ce point, mon avis n'est pas définitivement établi et, en attendant, je continue selon ma méthode éprouvée : j'avance en bousculant si nécessaire.

Agnès est à deux rangs. Sa voix, son sourire chaleureux plein de dents, la main amicale qu'elle a posée sur l'épaule d'un cueilleur. Ce geste, et le gentil mot qu'elle glisse avec, l'encouragent à aller plus vite. Elle a hérité de son père l'art de la caresse et ce geste-là, ce geste en particulier, qui surprend autant qu'il stimule, donne le sentiment d'être précieux.

Elle pivote soudainement dans ma direction. Je baisse les yeux. Suffisamment vite pour éviter que nos regards se croisent. Pas qu'elle m'intimide. J'espère simplement vivre le moment où Agnès viendra dans mon dos et prononcera mon nom (ou bien juste un « salut »). Alors je me redresserai, garderai les yeux fermés une seconde de plus que nécessaire et les rouvrirai sur elle : un regard, un seul, et je saurai où nous en sommes. Si j'ai quelques raisons de rester ou si je ferais mieux de faire mon sac. J'ai ce petit film qui tourne en moi depuis un moment, j'entends la pellicule dans le projecteur. C'est ridicule mais j'ai le droit à un peu d'eau de rose une fois dans ma vie. Je méprise les beaux esprits qui, en toutes situations, font litière de la doxa.

Parfois, pour m'endormir, je me le passe, ce film. Et hier, alors que la Suzuki traînait sa peine le long de la côte, il a tourné en boucle dans mon crâne. Harassée par le soleil, la tête bouillonnant sous mon casque, je crois bien que je jouais les mimiques et attitudes qui me paraissaient les plus efficaces. Les plus séduisantes.

« On va avoir la prime, Maria. Et le saucisson avec ! » halète mon débardeur.

Jean-Mich se saisit d'une hotte pleine et repart aussitôt vers le chenillard. Son empressement un peu comique est sympathique. Je le suis un instant du regard, m'amuse de sa drôle de démarche, les épaules qui chaloupent, la hanche droite plus basse que la gauche.

Tout à coup, la voix est derrière moi. Elle se jette dans mon oreille et me saisit par les épaules plus sûrement que des mains. Je n'ai pas été vigilante. Agnès est là et je ne l'ai pas vue approcher, ni même entendue.

« Tu es vraiment là… »

Sa voix anéantit tout : les sons de la nature, les bruits des machines, les cliquetis incessants des épinettes, les voix si nombreuses des autres saisonniers, même celles des grandes gueules qu'on entend toujours de loin, ou les chants de ceux qui se donnent ainsi du cœur à l'ouvrage.

Prise au dépourvu, j'en oublie mon film et me retourne vivement. Agnès est devant moi.

Nous faisons la même taille mais Agnès est un roseau alors que je suis « plantée ». Je porte un short et un tee-shirt sales, Agnès une jupe légère et un débardeur sans soutien-gorge. Je sue à grosses gouttes, je sens la transpiration, mais pas Agnès. Je suis bronzée de naissance, *la piel morena*, elle l'est par le soleil. Ça fait une sacrée différence : Agnès peut changer de peau selon les saisons. Pas moi.

Elle soutient mon regard un bref instant mais la manière qu'elle a de rapidement baisser les yeux vers son Palm pour y noter une information me dit que j'ai raison d'être là et que je vais décevoir Leguet : embrouilles il y aura.

Agnès observe le rang presque achevé et secoue la tête avec une sincère admiration.

« Épuise pas Jean-Mich. Tout le monde n'a pas ta condition. »

Elle indique mon débardeur qui balance le contenu de notre panier dans le chenillard. C'est une forme de compliment mais, pour elle, il s'agit surtout de parler, de reprendre contact sans risquer l'essentiel. Elle ne sera pas capable d'en dire plus pour l'instant, pas ici, pas avec ces gens autour. J'acquiesce : je vais réduire un peu la voilure, histoire de ne pas briser Jean-Mich.

Agnès n'a rien à ajouter et lance « à plus » en se retournant.

La regarder marcher, la fluidité de ses mouvements, est un plaisir. Le sol est raviné mais cette fille sait marcher. J'observe sa jupe, comment elle tombe sur ses hanches étroites, son érotisme pas tout à fait innocent. Ce qui me touche le plus, ce sont ses épaules carrées et les omoplates saillantes que révèle son tricot de peau. Ce qui m'émeut le plus, c'est que je l'aime toujours autant. Et toujours aussi niaisement. Je devrais me gifler pour ça.

Elle s'éloigne et le réel ressurgit lentement, petit bout par petit bout. Les sons, les métalliques d'abord, puis les autres, les voix. Celles de ces deux types pas très loin dans mon dos qui se chamaillent pour de faux, s'insultent pour rire, se secouent certainement l'un l'autre comme des pruniers poussés par un excès de testostérone et le bonheur d'être là, ensemble. Le son se rapproche. Je devrais me retourner, mais je suis incapable de quitter Agnès des yeux : elle a plongé en moi et vrillé mes entrailles.

Jean-Michel me saisit vigoureusement par les épaules et me tire vers lui juste à temps pour éviter que je ne sois renversée par les deux chahuteurs. Les types s'écrasent sur un de mes paniers pleins et versent au sol les grappes soigneusement sélectionnées qu'il m'a fallu plus d'une demi-heure pour rassembler.

Je m'apprête à les insulter lorsque je reconnais leurs visages : Dorian et Enzo. Leur petite querelle joyeuse s'interrompt immédiatement. Enzo se relève le premier en riant et tend la main à son copain. Tous deux remis sur pied, ils s'époussettent. Dorian observe, amusé, le panier au sol, le raisin écrasé. Très lentement – lui maîtrise bien le film de nos retrouvailles –, il tourne son regard vers moi et laisse s'épanouir sur son beau visage encore juvénile un sourire plein d'ironie. Enzo, en retrait, apprécie la scène, sa bouche de guppy tordue par un rictus déplaisant.

« Putain les gars, oh ! Vous voulez pas aller jouer dans vos rangs ? renaude Jean-Michel. Vous nous foutez en retard, là ! C'est baisé pour la prime, merde ! »

Dorian me lâche du regard et, levant les mains au ciel, adopte un air contrit.

« Désolé Jean-Mich, j'ai trébuché. Ça arrive... Et puis... ils t'ont pas dit, au chai ? C'est pas ma faute, c'est ta cueilleuse là, elle porte la poisse. »

J'ai envie de le frapper, de rayer sa belle gueule. Leguet a dit pas d'embrouilles mais je m'en fous. Et de la prime encore plus. Désolé, Jean-Mich.

« Tu devrais faire gaffe à ton épaule, Dorian. Elle est... fragile », dis-je avec malice.

Une grimace venimeuse déforme le visage de Dorian. Il n'est pas si beau que ça, tout compte fait.

*

Trois ans plus tôt, bêtes adolescents, nous nous étions défiés, Dorian et moi, au pont du Diable. Plus exactement, Dorian m'avait défiée. Moi, je ne voulais pas d'ennuis, surtout pas avec lui. Je ne voulais pas faire de vagues, tout occupée que j'étais à dissimuler mon désir d'Agnès.

Tout était parti d'une bagarre de discothèque. Un classique des nuits d'été : nous, les jeunes de Cambaron, nous étions accrochés avec une bande d'Omblans, le village voisin. Rien de méchant : bousculades et « fils de pute » crachés par des gorges lubrifiées au rhum-Coca.

On en rigolait le lendemain alors qu'on traînait à la rivière, au pied du pont du Diable.

Fin août, corps bronzés et musclés, nous étions assis autour de canettes de bière, de briques de jus de fruits et de brioches premier prix sur les rochers plats surplombant de deux mètres la rivière. Filles et garçons, nous formions alors une bande à géométrie variable d'une dizaine de jeunes. Les petits frères et sœurs s'agrégeaient parfois. Traîner était notre principale activité les week-ends. En semaine nous avions, l'été, presque tous des petits boulots (je faisais des piges à *La Gazette*). J'avais réussi du premier coup le concours d'entrée à Normale. Mon père se fichait de tout ça et ça m'allait très bien. Les autres savaient bien que j'étais maline mais « Normale » n'évoquait rien pour personne. Les années précédentes, quand j'étais en classe préparatoire, Lionel m'appelait pour se marrer « Mademoiselle campe, hippocampe », mais ça s'arrêtait là.

Je faisais partie du groupe sans complètement y appartenir. C'était ma place, un peu différente, un peu à côté. Je l'aimais bien.

Cet après-midi brûlant on riait, on se vantait : on avait bien rossé les gars d'Omblans. L'un d'eux avait eu le nez cassé après être tombé, tête la première, contre un podium. Certains d'entre nous avaient « pris cher » aussi mais l'orgueil surpassait la douleur. Pour ma part, je m'étais étonnée à haute voix de la « très étrange » disparition de Dorian aux toilettes au moment de la rixe.

« On n'a jamais vu envie de pisser aussi pressante », avais-je dit en ironisant, sans vraie méchanceté, pour le plaisir de bien aligner les mots, ce goût de la formule que j'avais toujours pressenti et développé encore en classe préparatoire. L'aphorisme parfois drôle, parfois cinglant.

Dorian n'avait pas apprécié ma saillie, pas plus que l'éclat de rire général et spontané qui avait suivi. Ses meilleurs amis, et même Agnès, ne s'étaient pas privés. Dorian était un chef de meute et rire de lui n'entrait pas dans sa définition de l'amitié.

Il était monté dans les tours et m'avait mise au défi de prouver mon courage en indiquant du doigt le pont : il s'agissait de savoir qui sauterait depuis le plus haut, « qui avait la plus grosse ». Trop de bière, trop de soleil. Trop d'hormones.

« Puisque t'as une bonne paire de *cojones*, Maria, ça devrait pas te faire peur, m'avait provoquée Dorian devant les autres. Allez, montre-nous qui c'est l'bonhomme. »

Je me fichais bien de ses sous-entendus homophobes : j'avais toppé, gravi la « queue de bique » (qu'on appelait ainsi, sans avoir jamais su pourquoi) et, sous les encouragements excités du groupe – la nature humaine est gourmande d'événement –, sauté depuis le premier rocher d'appel, celui à quatre mètres.

Dorian s'était ensuite élancé du second, à six mètres. On sautait avec nos baskets aux pieds, sans quoi le contact avec l'eau pouvait faire mal. À neuf mètres, il y avait une avancée en bois. Je l'avais ostensiblement négligée et j'étais directement montée sur le pont, à quatorze mètres, provoquant un murmure général d'excitation : les filles ne sautaient pas de si haut. Jamais. Tout le monde s'était levé. Une victoire par K.O. me paraissait la seule issue acceptable.

Il faisait très beau, le ciel était bleu smalt, l'air chaud mais agréable. Le pont surplombait les pins méditerranéens accrochés aux à-pics bordant la rivière. J'avais sauté, bien droite, sans réfléchir pour ne pas reculer. L'impulsion était bonne et la chute parfaite. Un bon réflexe m'avait fait croiser les bras devant ma poitrine pour ne pas la meurtrir en entrant dans l'eau.

D'une telle hauteur, on s'enfonce loin dans la rivière, qui est profonde à cet endroit. On a le temps de sentir la froideur saisissante du fond avant de remonter, tel un bouchon, à la surface d'un seul et vigoureux battement de pieds. La lumière revenue, alors que les cris et applaudissements montaient à mes oreilles, j'avais croisé le regard d'Agnès. C'était le seul que je cherchais et le seul qui comptait. J'y avais vu de l'admiration. Un désir brûlant aussi. Le même feu que la semaine précédente, lorsqu'on s'était retrouvées sur la plage du Grand Travers.

Quelques brasses, j'avais rejoint la rive. Dorian roulait des mécaniques : on n'en resterait pas là.

« C'est pas ce que j'appelle plonger, ça ! »

À son tour, il était monté jusqu'au pont, s'était approché du bord et, depuis les rochers érodés où nous nous trouvions tous, une douzaine de mètres plus bas, nous l'avions vu faire la chose la plus bête au monde et que seul un crétin dopé à la testostérone pouvait envisager : au lieu de sauter en torche, il avait plongé tête la première. Un beau plongeon. Je l'avais trouvé élégant dans le déploiement de son corps et le silence absolu qui l'avait accompagné. Celui hébété des copains, d'Agnès, et celui de la nature qui semblait, elle aussi, retenir son souffle dans l'attente de savoir ce qui allait arriver. Il avait parfaitement pénétré l'eau mais, remonté à la surface, son hurlement de douleur avait coupé court aux applaudissements. Depuis notre promontoire, deux copains s'étaient jetés à l'eau puis l'avaient aidé à remonter. L'épaule de Dorian pendouillait, déboîtée. Quand je m'étais approchée de lui, me préoccupant de son état, il m'avait envoyée bouler.

« Casse-toi putain ! Ta putain de tronche, j'en peux plus ! » il avait craché dans un gémissement.

Les gars et Agnès l'avaient conduit aux urgences et il avait porté une attelle durant un mois.

Lui qui aimait cueillir avait dû, quelques jours plus tard, laisser sa place pour le début des vendanges.

Pour tous, sans le moindre doute, Dorian avait des couilles plus grosses que les miennes. Mais c'était bien moi qui avais gagné et Dorian était un idiot.

*

Trois ans plus tard, ma « putain de tronche » ne lui revient toujours pas.

Il me toise et donne un coup de pied dans le panier au sol. Jean-Mich accompagne d'un grognement un mouvement résolu vers Dorian. Mais je pose une main sur son épaule. Ça le retient alors qu'il avait l'air prêt à l'égorger sur place. Le vin et le sang ont leur histoire mais ce n'est pas le moment d'y ajouter des lignes. Encore une fois, je ne suis pas là pour ça, même si je ne suis pas sûre de pouvoir l'éviter. Tôt ou tard.

« Si tu veux garder ton boulot, fais gaffe, Mich-Mich », glapit Enzo, le roquet, en se rapprochant de son idiot de copain.

Je ramasse le panier. Jean-Mich, bouillonnant, cherche à comprendre et m'interroge du regard. Le blanc des yeux est jaune Suze chez lui, ça fait une drôle d'impression. Il n'est plus tout jeune mais ses bras sont comme des battoirs : je n'aimerais pas prendre l'une de ses énormes pognes dans la figure. Enzo a raison cependant, ici il vaut mieux ne pas toucher à Dorian. Il est apprécié, craint par les plus minables, et protégé. Ses parents sont des notables. Et il sort avec la fille du patron.

« Y a un panier plus loin, Jean-Mich, fais-je remarquer à mon débardeur. On a le temps d'en faire deux de plus avant la pause déj. »

J'adresse un grand sourire à Dorian et Enzo. J'y mets autant de dents que possible – j'espère qu'elles brillent bien – et me détourne de ces deux idiots. Je sais qu'il n'y a rien de mieux pour énerver Dorian que de l'ignorer. On se connaît depuis longtemps. Depuis toujours.

*

Dix-neuf heures. Retour chez mon père. Il n'est pas là, ce qui me soulage. Je n'ai rien à lui dire et il ne fait aucun doute qu'il ne souhaite pas que je lui fasse la conversation.

La cabine de douche est petite et le rideau, mouillé par les premiers jets, se ventouse inlassablement à mes cuisses, mes seins, mon ventre. Une large bande de moisissure ronge la partie basse qui trempe dans l'eau. Je lave mon corps avec du savon et mes cheveux à l'eau claire. Mon père n'a ni gel ni shampoing.

« Ces saloperies pleines de parabène ça bousille les eaux. »

La blague : mon père se fout bien de l'eau, si elle n'est pas relevée à l'anisette, mais il touche à pas cher de gros pains de savon de Marseille de plusieurs kilos auprès d'un gars qu'il appelle « le nain ». Il y taille des cubes qui lui font l'année. Sûrement plus.

Dans ma petite trousse de toilette, je récupère un flacon d'huile de jojoba qui facilite le démêlage des cheveux. Un peu seulement : le peigne se coince régulièrement dans des nœuds.

« Cheveux épais, emmerdes maximales », grognait ma mère de qui je les tiens.

Elle utilisait une brosse à poils durs et la maniait vigoureusement. La douleur me tirait parfois des larmes. Je subissais sans rien dire.

Aujourd'hui, c'est moi qui tire fort pour que les nœuds cèdent. Je dénoue ensuite ma serviette de bain et me place face au miroir mural posé au sol. J'examine mon corps plein de rondeurs mais musclé. J'observe ma poitrine, place sous mes seins mon avant-bras et les rehausse légèrement. Les quelques centimètres d'élévation gagnés font une jolie différence.

« Un jour ils m'arriveront au nombril », dis-je à voix haute, espérant ainsi conjurer cette réalité.

J'enfile une culotte, un jean et un sweat-shirt floqué « Contis 42 ». Je ne sais pas d'où je le tiens, je ne sais pas même ce qu'est « Contis », mais je m'y sens bien, à l'abri du monde.

Dans la kitchenette est remisée une glacière de camping : j'y glisse un pack de bières tiré du frigo.

Je pensais trouver dans le meuble bas, sous la télévision, le vieux tourne-disque de mes parents. Je découvre que mon père l'a remplacé par un lecteur CD de petite taille. Dans le meuble, une dizaine de CD, les seuls qu'a mon père : Francis Cabrel. Rien d'autre. La date d'édition au dos des boîtiers dit toute l'histoire : ceux parus après la mort de ma mère sont restés sous blister.

Elle l'appelait *Francis* comme s'ils se connaissaient alors qu'elle n'était même jamais allée le voir en concert. Elle n'écoutait que lui, de manière obsessionnelle. Tout le temps. Elle connaissait tous les textes, fredonnait les mélodies avec justesse et disait qu'avec *Francis*, ils étaient « bons copains ».

C'est donc ça qui reste quand celle que l'on aime meurt : des disques de Francis Cabrel. Et donc ça qu'on fait après : acheter les nouveaux disques pour ne pas les écouter, comme on va à l'église mais sans entendre le curé. Parce que ce qui vient après n'est plus habité, n'a plus de sens.

Le CD avec les nuages flamboyant sur la couverture a ma préférence. Je le lance, *shuffle-repeat*, puis détache Sancho et m'installe devant le baraquement de mon père sur une chaise de jardin en plastique. Mon chiot trouve une place accueillante sur mes genoux : il agite son postérieur pour bien se caler entre mes cuisses. On ne se connaît pas vraiment lui et moi, cohabitation récente, mais on s'aime déjà bien : cela me plaît et m'étonne.

C'est l'histoire d'une fille très seule qui aime son chien.

Vingt-trois heures. La nuit et l'odeur de la forêt, autant que la nappe de fraîcheur qu'elle exhale et qui s'enroule autour de mes jambes, m'invitent à allumer une cigarette et une demi-douzaine de bougies plates et rondes dans leurs coques en fer mou. Je les pose sur la palette en bois qui sert de table basse de jardin. La scène serait presque jolie sous cette lumière tremblante, quand tout ce qui est moche repose dans le noir. Le ciel est rempli d'étoiles. Elles décorent sans éclairer et, comme il n'y a pas de lune, impossible de voir les vignes qui s'étendent devant moi.

Des images, peu nombreuses, de la jolie maison que nous habitions au village traversent mes pensées : une fenêtre immense, une toile cirée, une grosse calebasse cuivrée, rose incarnat, accrochée en décoration à un mur.

Plus que les notes, la voix qui vient du poste de musique m'enveloppe, et les objets et un petit bout de la nuit avec. J'apprécie l'obscurité, prête l'oreille aux frémissements de la nature, aux bruits des insectes et des animaux de la nuit. Je contemple longuement le ciel, les étoiles. On ne les voit pas à Lyon.

Il y a aussi le chapelet de lumières à cinq cents mètres de là, derrière les vignes : le chai, la maison Leguet et ses dépendances. Même d'ici, on devine dans le faible halo l'élégance des bâtisses, les murs en pierre de taille, les nobles arbres centenaires, chênes et cèdres. Même d'ici on sent l'argent. Peut-être qu'on reconnaît mieux le beau quand on a les pieds dans la fange. Agnès et Miki sont là-bas. Ou bien traînent-ils chez des copains. Un barbecue se sera improvisé : on ne m'y attend pas, on ne m'y attend plus.

Ça ne me manque pas. Agnès seule me manque.

J'ai posé mes pieds nus sur la palette en bois et l'anneau en argent à l'un de mes orteils me fait sourire : un truc de goudou, ça. J'incarne un cliché et le vis sereinement.

Les graviers du chemin menant de la route à la maison crissent. Des bruits de pas. C'est presque rien mais, en alerte, je me redresse. Sancho aussi : le museau pointé vers la nuit, il jappe. Quelqu'un approche. Le pas est léger : cet animal-là veut éviter d'être entendu mais le mystérieux scintillement de clochettes qui l'accompagne le trahit encore plus sûrement que les graviers. Si Dorian ou l'un de ses copains a envie de s'amuser à me faire peur, je suis prête.

Je vais pour me lever lorsque Agnès sort de la nuit.

C'est irréel. J'ai rêvé de ce moment. Son surgissement. Agnès est à dix mètres. Une seconde après, elle se tient là, devant moi, portant une jupe écrue brodée de sequins – les scintillantes clochettes – et un chemisier léger bleu de Prusse. Je ne l'ai pas vue se déplacer. Elle a tressé ses cheveux qui tombent sur son sein droit.

Pocahontas est blonde et a une clope au bec.

Elle ne dit rien, se tient simplement debout devant moi, un sourire à peine esquissé à la commissure des lèvres. Je tente de rester parfaitement stoïque. Le plus nonchalamment possible, j'ouvre la glacière et lui tends une canette. Agnès ne boit presque jamais. Je suis heureuse qu'elle accepte la bière sans me remercier. Heureuse qu'elle ne dise rien, comme si elle savait qu'il n'y a rien à ajouter. Comme si nous nous étions quittées hier et déjà tout dit depuis bien longtemps.

Elle ramasse une chaise de jardin et s'installe à côté de moi. J'ai saisi son hésitation, presque rien mais j'ai vu : elle s'est demandé où poser la chaise. En face de moi ou à ma gauche ? Son choix me plaît et nous sommes deux à présent à observer l'obscurité sans espérer y trouver quoi que ce soit. Agnès ouvre sa bière, boit une gorgée. Je la fixe sans pudeur, pas pour la mettre mal à l'aise, mais parce que sa présence me saisit. Que je la regarde droit dans les yeux ou à la dérobée, l'effet qu'elle a sur moi a toujours été le même : une forme de sidération. Ses jambes fines, ses hanches étroites, sa cambrure nettement marquée et, partout, des muscles tout en longueur.

Agnès sent mon regard, mon désir certainement, elle joue avec sa tresse, se tortille sur sa chaise, tire sur sa cigarette, me jette un coup d'œil et se replonge dans la contemplation de la nuit.

*

Quand elle a rejoint la bande, Agnès avait seize ans. Dorian dix-neuf, comme moi. Ils sortaient ensemble et c'est lui qui, la première fois, l'avait ramenée à une soirée.

D'un coup d'un seul, la « petite Leguet » était devenue un être sexué et désirable. On la connaissait pourtant mais, avant que je ne la voie embrasser Dorian, elle n'était qu'une gamine. Avant qu'il la pelote sous les regards lubriques des copains.

Agnès et moi étions très différentes l'une de l'autre. La petite jeune fille et ses grâces de dilettante auraient dû m'exaspérer. Toujours apprêtée, bien coiffée, elle était mon contraire.

Pourtant, immédiatement, nous nous sommes bien entendues. Dès le premier instant, il y a eu entre nous une étonnante complicité, un lien « sensoriel ». Comme tout le monde, je la trouvais singulièrement belle mais la question du désir ne se posait pas : Agnès aimait les gars et c'était la « femme » de Dorian, comme il disait. Une expression détestable.

On avait chacun nos journées, on attendait les vendanges. La bande se recomposait chaque soir, selon un reflux naturel et sans cesse répété, à l'occasion de fêtes, de barbecues, de matchs de tambourin, de sorties en boîte de nuit. Les garçons emballaient les filles, je me laissais embrasser par quelques gars. Ceux qui me donnaient l'impression d'être les plus gentils. Ceux qui palpaient mes seins mais ne tenteraient pas de glisser une main entre mes cuisses.

On ne se posait pas de questions dans la bande : les garçons baisaient avec les filles, les filles baisaient avec les garçons. Personne n'était vraiment dupe me concernant mais tout le monde s'en fichait.

Un soir, à la mi-août, Agnès et moi on a décidé d'aller à La Dune, une boîte de nuit en bord de mer. Personne n'a suivi, tout le monde avait déjà trop bu : même les crétins ont un instinct de survie. J'étais moi-même passablement alcoolisée et les platanes m'inquiétaient autant que la police. Agnès voulait danser, Agnès avait insisté et elle avait gagné. Trente minutes de moto plus tard, nous entrions sur la piste bondée de la boîte.

Je suis une bonne danseuse, j'attire les regards. Les hanches, les jambes, les bras, tout ça bouge bien. Je danse bien parce que je ne danse que pour moi.

Sa bouche toute proche de mon oreille, Agnès m'avait complimentée en saisissant mon bras moite.

« T'es *caliente* quand tu danses !

— Je sais pas faire autrement », j'avais répondu, après avoir perçu une légère tension dans sa voix, comme une excitation.

Plus que le ton de sa voix, je ne croyais pas que ses lèvres aient pu, par hasard, frôler le lobe de mon oreille.

Nous avions quitté la boîte vers quatre heures du matin, chacune sa bouteille de bière à la main. Agnès me complimentait de nouveau sur ma manière de danser quand, pressant le pas, nous avions rejoint le rond-point récemment apparu au milieu de la route qui longeait la plage.

« Fais gaffe où tu mets les pieds : les crottes de chien », me dit Agnès.

J'éclate de ce rire rauque qui, plus jeune, me complexait.

« Des rochers qui roulent », disait ma mère.

« Il faudrait être un grand malade pour venir faire chier son clebs au milieu d'un rond-point, non ? »

Agnès rit à son tour et, bien que nous soyons tout proches de ma moto, elle décrète qu'elle a envie de profiter de la nuit, de marcher sur la plage.

Alors nous avançons bras dessus, bras dessous : nos corps se sont rejoints sans même que nous nous en rendions compte. Vaguement chancelantes, nous jouons les éméchées sans l'être vraiment, nous franchissons une dune et découvrons la mer d'huile éclairée par une pleine lune phénoménale. On y voit presque comme en plein jour. C'est une mauvaise comédie romantique qui se joue mais c'est la nôtre. Nous ne parlons plus mais savons très bien où nous allons et quel chemin nous avons pris. Ça nous plaît. Agnès s'assied dans le sable et je m'allonge à côté d'elle. Immédiatement elle se penche vers moi, figeant son visage à une dizaine de centimètres du mien.

« Tu veux ? » elle me demande, bravache, sans douter que je puisse ignorer le sens de la question.

Tout ce qui précède, les jours, les semaines, tout a conduit à cet instant.

« Oui. »

Agnès m'embrasse. Sa langue autour de la mienne est un plaisir unique. Les langues des filles sont plus petites que celles des garçons. C'est l'expérience que j'en ai en tout cas. Elle défait les boutons de mon jean et sa main se pose naturellement entre mes cuisses. Elle la glisse sous le coton de ma culotte, caresse mes lèvres, enfonce un doigt en moi. Deux quand elle sent comment je l'accueille.

C'est elle qui mène la danse. Elle a trois ans de moins que moi mais c'est elle qui sait ce qu'elle fait, elle qui sait ce qu'elle veut. J'ai du sable dans toutes mes fringues, je vais mettre six jours à me débarrasser de celui que mes cheveux ramassent, mais je m'en fous. Nous ne sommes ni avides ni empruntées, nous ne balbutions pas. Au contraire, chacun de nos gestes est exécuté au bon moment, à la bonne vitesse. C'est une impression de fluidité que je n'ai jamais éprouvée, une perfection inattendue. Je pourrais, sans mourir, cesser de respirer tant que les doigts d'Agnès vont et viennent en moi. À cet instant, je suis certaine qu'elle ressent la même chose. Et Agnès parle. Elle parle alors que je suis incapable d'émettre autre chose que des gémissements étouffés. Elle me demande si j'aime ce qu'elle fait, si c'est ce que je veux. Ma jambe droite est prise d'un spasme que je tente de contrôler en enfonçant, aussi fort que je le peux, mon talon dans le sable. Agnès a des mots doux et des mots crus. Son genou frôle mon nez et elle s'assied sur mon visage, écartant d'un geste sûr sa culotte. Elle pose son sexe sur ma bouche. Elle se tord en gémissant quand je pose ma langue sur son clitoris, le lèche, quand je le suce et l'aspire, puis la pénètre avec mon pouce, glissant la tranche de ma main entre ses fesses. Je voudrais lui offrir tout le plaisir que j'ai à donner. Cela dure longtemps. Balayant mon visage sur un rythme régulier, la jupe d'Agnès voile tout autour. Nous ne sommes nulle part.

Elle jouit. Un orgasme furieux. Incontrôlé. Durant un instant, je me vois étouffer entre ses cuisses tant elle se raidit. Puis elle desserre l'étau, bascule en avant et donne à son bassin de légers mouvements de rotation, comme pour entretenir le feu de la jouissance. Dans un éclat de rire de gamine, elle s'affale finalement à côté de moi.

Saisissant mon bras avec autorité, Agnès l'enroule autour de son épaule. Nous ne parlons pas. L'odeur de la mer, du sable, le goût d'Agnès sur mes lèvres. Un voyage immobile dont on ne revient pas.

*

Agnès avait fait le trajet depuis Palavas collée contre mon dos, une main sous mon tee-shirt agrippée à mon sein. Le froid partout sauf là. Là où la main d'Agnès collait à ma peau.

Il était six heures lorsque j'avais coupé le moteur de ma moto au bout de l'allée cavalière menant au Mas de Tourenque. À l'est, le ciel arborait déjà des teintes églantine et safran, mais, à l'ouest, dans le dos du Mas, la nuit résistait encore. C'était « l'aube aux doigts rosés » d'Homère, cette aube précédant tout ce qui adviendra, les longs périples et les amours inféconds.

C'était là où je me trouvais et c'était bon.

Nous nous étions embrassées, un instant bien trop court, puis elle s'était détachée de moi. Deux pas en arrière. Elle m'avait observée en passant sa langue sur ses lèvres.

« Bonne nuit, Maria. Ou plutôt bonjour », elle avait corrigé après avoir pointé du nez le ciel.

Chaussures à la main, elle s'était éloignée.

Elle aime marcher pieds nus, même sur les chemins de gravier. Encore quelque chose que je sais d'elle et que j'aime. Elle me paraît à peine réelle, elle plane. C'est ce que je me dis : je me dis que cette fille est une vision et qu'elle est donc libre de planer.

Le bonheur est terrible : il disparaît plus vite qu'il n'est apparu. À peine l'a-t-on nommé qu'il est déjà passé.

*

Après cette soirée, nous n'avons pas eu d'autres occasions de nous retrouver seules. Agnès ne l'a pas cherché et je n'ai pas insisté pour. L'impression d'avoir tissé en une nuit un lien qui serait là pour toujours, que rien ne saurait défaire, me suffisait. Aujourd'hui, je regrette de ne pas avoir été plus entreprenante mais, alors, il me semblait que rien ne pressait. On se retrouverait.

Quand elle embrassait Dorian je n'éprouvais pas de jalousie. J'avais même un peu de pitié pour lui.

« Pauvre garçon », me disais-je.

Il suffisait qu'Agnès glisse à mon oreille, en me faisant la bise en fin de soirée, « bonne nuit… ou plutôt bonjour» pour que je sois satisfaite et rassurée. Il suffisait qu'Agnès colle sa cuisse à la mienne dans la voiture de l'un ou de l'autre pour que je sache ce que cela signifiait. Malgré les virages qui auraient dû l'emporter, sa cuisse tendue restait plaquée contre la mienne. Cette jambe, qu'elle contractait, disait son envie et la vigueur des rhizomes – invisibles aux yeux de tous – qui nous reliaient.

Nous serions bientôt ensemble, je le savais.

Dorian, lui, avait vu quelque chose. Je n'aurais su dire quoi mais, malgré sa suffisance, sa confiance absolue en l'attrait de son minois et la raideur de son pénis, malgré tout, il avait vu ce lien secret. Agnès était-elle plus distante avec lui, moins présente dans leur intimité ? Ça me plaisait de le penser même si rien ne le laissait deviner quand nous étions en groupe : les baisers étaient toujours intenses, les mains baladeuses.

Et puis le pont du Diable, l'École, l'appartement lyonnais. L'été qui, de guerre las, laisse place à l'automne.

Nous ne nous voyons plus. Agnès n'a pas de portable, alors des lettres. Je tends quelques perches, j'ose quelques allusions mais elle répond systématiquement à côté. Le fait-elle exprès ? Ça m'énerve mais elle ne me doit rien.

Les lettres s'espacent et ne disent plus rien. Elles n'ont jamais rien dit. Je le constate en les relisant une fois, deux fois, et encore jusqu'à les connaître par cœur. Pauvre sotte amoureuse que je suis.

Ce serait donc plutôt l'histoire d'une fille qui se veut forte et que l'amour abêtit. Une histoire trop connue.

J'essaye de me convaincre que cette plage n'a jamais existé même si je connais le goût d'Agnès, son odeur. Ces choses-là, je ne peux les oublier : elle me les a données, elles sont à moi. Je les garde et les convoque dans la solitude de ma chambre d'étudiante.

Dans sa dernière lettre, Agnès dit pour une fois quelque chose. Elle a pris le temps de réfléchir à nous et elle l'écrit.

Cambaron le 13/12/2001 à 23h20

… sur fond de Noir Désir, « des visages, des figures »… c'est bien pour écrire.

J'ai pensé depuis quelques jours à ce que je pourrais te dire. Quoi rajouter ?

Tu me manques mais tu dois « faire ta vie ». Sortir avec d'autres filles. Je le pense réellement.

Je voulais te dire quand même que j'ai été très authentique avec toi. Les moments qu'on a passés ensemble depuis qu'on se connaît sont importants pour moi. J'ai toujours su que c'était spécial entre nous, qu'on formait un « duo ». La plage & cette lune dingue. J'ai souvent en tête des images précises.

Je ne savais pas ce que tu avais retenu de cette nuit. Du coup je ressentais un malaise même si tu avais quelques gestes qui me rassuraient (comme dans l'AX de Nouchouch). C'était rien cette main derrière mon dos mais c'était notre secret... Ça m'a plu. Et puis tu as pris ta moto, on t'a dit au revoir et tu es partie. Bizarrement ce qui m'a fait dire que tu étais sincère avec moi, c'est le dernier regard que tu m'as lancé quand tu cherchais mes yeux parmi ceux des potes. Il était insistant comme si tu me regardais pour la dernière fois. Peut-être que je me trompe mais ça m'a tellement marquée !

Bon, tu connais la suite et ça n'a sans doute aucun intérêt pour toi que j'écrive tout ça. Après tout, tu étais là aussi. Mais j'avais besoin de l'écrire une fois pour imprimer totalement ces images que je repasse dans ma tête. Peut-être que depuis, j'ai fait qu'idéaliser. C'est possible. N'empêche que, sur le vif, c'était vrai.

Je ne me fais pas de souci pour toi, tu as dû rencontrer plein de gens et tu dois travailler dur dans ton école de champions. Moi je commence après Noël mon école hôtelière, je pense être occupée.

Voilà, j'avais envie & besoin de t'écrire tout ça, même si ça ne change rien.

Je t'embrasse fort. Agnès

En réponse, j'écris une dizaine de pages. Tout y est. Je mets des mots sur mes sentiments, mes espoirs. Mais je finis par déchirer ces pages. Je suis peut-être trop orgueilleuse ou suffisamment bête et prise par mes études pour ne pas chercher à lui faire comprendre que tout pourrait être simple. Les esperluettes m'agacent aussi : elles donnent l'impression d'une lettre rédigée à la hâte et sans réfléchir. Elle affirme le contraire pourtant. Ça me braque, ces esperluettes.

Je suis aussi allée chercher les paroles de la chanson de Noir Désir qu'elle cite et que je ne connaissais pas : « Des visages, des figures, des figurants à effacer, des faces A, des faces B ». Est-ce moi la figurante ou les « autres », ceux du village ?

Je lui adresse un dernier courrier, lapidaire, ingrat (une carte postale montrant le parc de la Tête d'Or).

Lyon le 7/12/2001

J'ai eu ta lettre. Merci pour ton honnêteté. Restons-en là puisque rien ne change rien. C'est trop dur pour moi. Maria
p.s : « j'ai douté des détails, jamais du don des nues »

Je me sens forte d'avoir fait ça mais, au fond de moi, j'ai l'idée que ça ne peut être que provisoire. Rien ne saurait, de manière définitive, entamer une passion comme la nôtre.

Elle ne répond pas à la carte, bien sûr. J'espérais bêtement qu'elle le ferait. Chaque fois que je passe devant la boîte d'où je l'ai postée, je détourne le regard. Je suis faible, idiote, je m'en veux. Je devrais prendre ma moto et aller chercher celle que j'aime. Mais j'ai un devoir sur table à préparer, un livre à lire, un exposé à rendre.

*

Scrutant le rien, si le noir n'est rien, assise à côté d'Agnès sur ces miséreuses chaises de jardin, je me refais l'histoire. C'est vite fait et décevant : il y a très peu à dire.

« Tu t'installes ? » me demande Agnès.

Cette voix. Ce n'est pas la même que dans les vignes. Elle est seulement pour moi, cette voix. Elle n'est pas enjouée, elle n'est pas en représentation, elle porte notre intimité dans la manière de dire les mots. Personne ne la connaît à part moi, cette note plus fébrile.

Je n'ai pas de réponse à lui donner, pas tout de suite. Je devrais lui dire que non je ne m'installe pas, que je repars, oui, mais avec elle. Et que nous allons nous aimer, vivre l'histoire que nous devons vivre. Comme ça je saurai ce qui aurait pu arriver et cela cessera de me ronger.

Agnès se tourne vers moi et insiste d'un mouvement de tête : elle veut une réponse. Je hausse les épaules et bois une gorgée de bière. Nous écoutons un moment les sons de la nuit. Je sens son parfum, je le connais : une eau citronnée de Guerlain. C'est très léger. Il faudrait que je plonge mon nez dans son cou pour la respirer pleinement. Je note les trois boucles argentées accrochées à la courbe supérieure de son oreille, les sourcils épais, les lèvres très roses, les pommettes saillantes comme les miennes. Le duvet blond sur ses avant-bras et, dans son cou, les fins cheveux rebelles qui échappent à sa coiffure. Je capture ces bouts d'Agnès qui m'ont manqué.

Elle me regarde soudain d'un air étonné.

« T'écoutes Cabrel, toi ? »

Nouveau haussement d'épaules. Je me rappelle avoir lancé le CD à l'intérieur. Agnès accompagne la musique de mouvements de tête délicats.

« Je la connais celle-là : *L'Encre de tes yeux*. »

Un temps passe. Nous écoutons toutes les deux. Agnès sourit discrètement, sans ouvrir la bouche.

« C'est marrant. Je veux dire… ce que ça raconte. »

Une vision surgit du passé : ma mère en robe noire dansant seule sur cette chanson. Nous sommes dans la cuisine de notre maison au village. Je ne vois pas le visage de ma mère, seulement celui de mon père. Il est assis sur un tabouret et la regarde avec ravissement. Tout est au ralenti, jusqu'au déplacement de mes yeux de l'un vers l'autre.

Cette vision m'ébranle et met Agnès à distance. Elle saisit l'écornure de tristesse en moi et, pudiquement, cesse de dodeliner.

La chanson s'arrête. Durant quelques secondes, il n'y a que le son des insectes et de la braise rongeant le papier de la cigarette sur laquelle Agnès tire.

« Pourquoi t'es revenue ? Mon père… je pensais pas qu'il te reprendrait. »

J'aurais préféré qu'elle ne dise rien, s'approche, m'embrasse et me respire.

« Je suis la plus rapide.

— C'est vrai. Ça énerve les gars et tu ramasses les primes, en plus.

— Les filles, ça énerve les gars. D'une manière ou d'une autre. Et la prime… ton mec me l'a foutue en l'air aujourd'hui. Toi, quoi de neuf?

— Quoi de neuf depuis trois ans ? » demande-t-elle sans chercher à dissimuler son sarcasme.

J'opine sans relever.

« Le train-train. Y a jamais rien de neuf ici, hein ? J'ai de bons résultats à l'école hôtelière.

— C'est bien, ça.

— Et toi, avec tes amis les génies ? »

Cet autre monde, je ne veux pas en parler. Pas tant que nous serons deux filles qui se tiennent côte à côte et à une juste distance pour regarder la nuit.

« Il en dit quoi Dorian que tu sois là ?

— Il en dit rien. On n'est pas mariés. Je fais ce que je veux. On s'en fout en plus, non ? » s'agace-t-elle.

Elle écrase sa cigarette sous sa sandale et, comme elle lève son pied, dévoile l'intérieur de sa cuisse, la peau bronzée, le sillon de la chaise qui a marqué la peau, un morceau de sa culotte. Ça me saisit. Mon frisson ne lui échappe pas. Le fait-elle exprès ?

Elle pose le mégot sur le bout de jupe qui couvre sa cuisse et porte son attention sur Sancho qui agace une tégénaire – il y en a d'énormes ici – qu'il a prise entre ses pattes.

« Il est mignon celui-là », commente Agnès.

J'approuve dans un murmure, faute de mieux. Le silence de nouveau. Agnès indique les bougies posées sur la palette de bois. Elle a ce petit sourire malicieux que je connais bien mais il est différent de la dernière fois que je l'ai vu : ça ne rend pas la même chose sur une adolescente et sur une femme. Une infime différence que je reçois brutalement.

« Les bougies, c'est pour moi ?

— Pour les moustiques. »

Mon mensonge et le sourire voyou qui l'accompagne l'amusent.

« Alors, tu vas repartir après les vendanges ? »

Je ne réponds pas et évite son regard. Elle ne s'en formalise pas, ouvre son sac à main et en tire une nouvelle cigarette qu'elle allume. Sa bouche, la forme de ses lèvres qui exhalent et jusqu'à l'épaisseur de la fumée qu'elle crée me fascinent : une fumée dense comme un objet. Je me suis trop longtemps passée d'elle. Mais il est trop tôt pour le lui dire. Je pince le mégot qu'elle a sur sa cuisse. Elle suit le mouvement de ma main jusqu'à la table basse où je le dépose.

« Miki s'en remettra pas, si tu repars… Il est amoureux de toi, tu sais ? »

Agnès sourit avec tendresse. Pas pour moi, mais en pensant à son frère.

« Je l'aime bien moi aussi. C'est un gentil. »

Agnès opine, se lève et calandre sa jupe d'un geste sec de la main.

« Le plus gentil, ça lui causera tort un jour. Et amoureux de toi, fais pas semblant que t'as pas entendu. Tu peux me déposer au *Deux-trois* ?

— Je sais pas... » dis-je en me levant.

Elle rit. Elle fait ça très bien, « rire ». J'y pense alors que nous nous dirigeons vers ma moto.

*

Pas de lune ce soir mais Agnès qui se tient une nouvelle fois derrière moi sur la moto. Elle porte mes gants et mon casque.

Je conduis tête nue, à bonne vitesse, le front plissé, les yeux à peine entrouverts pour qu'ils ne sèchent pas et pour éviter les insectes volants. Cette fois, Agnès n'a pas glissé sa main sous mon sweat-shirt : elle se tient bras tendus aux poignets de la selle. Ça n'a pas d'importance, la seule proximité de nos corps me suffit. Elle me dit quelque chose, je tourne légèrement la tête pour mieux l'entendre.

« Tu as froid ? » répète-t-elle.

Je fais non de la tête. C'est faux : j'ai froid, oui, aux oreilles surtout. Elle le devine et pose ses mains gantées sur mes oreilles. Étrange sensation : le bruit de la mer. Comme dans un coquillage.

Les virages laissent place à une ligne droite et j'accélère. Elle retire les mains de mes oreilles pour s'agripper à moi. Plus fermement que nécessaire. Elle se plaque contre mon dos et raffermit la prise de ses cuisses autour de mes hanches. J'hésite puis pose ma main libre, celle qui ne tient pas l'accélérateur, sur sa cuisse. Délicatement, par peur qu'elle ne la retire. Agnès la garde et resserre l'emprise de ses bras autour de ma taille.

*

À cent mètres de l'entrée du *Deux-trois*, à l'extrémité du parking, je coupe mon moteur. Le chiffre est écrit en gros néons de couleur qui balafrent la nuit, « 203 ». Dans l'obscurité, Agnès et moi sommes invisibles depuis la boîte mais nous distinguons bien ceux qui entrent et sortent sous les lumières polychromes. Il y a ces sons étouffés – les basses d'une musique impossible à reconnaître, des cris – et cette odeur méphitique qui m'est familière : l'essence, l'asphalte du parking qui a chauffé toute la journée, l'air vicié venant des eaux dormantes de l'étang à côté et la friture émanant du Camion à Fifi garé tout près de l'entrée de la boîte (« hot-dogs et paninis à gogo », racole la pancarte).

Miki s'approche de nous, un verre en plastique à la main : Agnès a dû le prévenir de notre arrivée. Il porte un jean neige avec des écritures sur les cuisses et un polo Ralph Lauren très coloré. Il est tombé dans la cocotte et a passé ses cheveux au pento – c'est la mode, ici. Il est fidèle à l'image que j'ai des gars du coin. Ça m'attriste, il vaut mieux.

Avant, tout n'était pas si clair pour moi. Je n'avais pas conscience de vivre au milieu de pauvres bougres enchaînés à la vision rassurante d'un univers circonscrit. En quittant le village, j'ai découvert qu'il y avait un monde en dehors.

C'est maintenant, en revenant, que je prends conscience qu'il n'y a pas que les eaux qui stagnent sur ce parking : il y a aussi tous ces jeunes, ceux avec qui j'ai grandi. Ils croupissent mais l'ignorent. Ils ne sont pas responsables. Ils sont leurs parents. Ils sont leurs grands-parents. Bientôt ils seront morts sans avoir rien vu, rien compris, rien vécu. Après avoir gobé du vide, durant les décennies que leurs corps supporteront, on les foutra dans un trou. S'ils ne s'y sont pas jetés tout seuls.

C'est pour ça que je suis revenue tirer Agnès de là, lui faire voir cet ailleurs que je connais, un monde qu'aucun regard ne contraint. Pas comme ici, en tout cas. Je suis là parce que je la désire, parce qu'en rêve je la serre nue dans mes bras. La valeur d'une âme se mesure, dit-on, à la dimension de son désir. Est-ce prétentieux de le croire ? De me croire investie de la mission de sauver cette femme enfoncée jusqu'à la garde dans les eaux croupissantes ? Je crois que c'est ce qu'on fait pour les gens qu'on aime.

Agnès retire son casque et descend. Miki me fait la bise. Même si j'en ai perdu l'habitude, je pense à bien en faire trois, pour éviter tout malaise.

« Salut Maria, dit-il et je constate que sa voix a joliment mué.

— Salut Miki, contente de te voir.

— Il a fallu que tu ramènes Agnès… elle va encore me les casser avec la tise», taquine-t-il.

Sa sœur lui bourre l'épaule.

Dans la lumière des néons, il y a là-bas Dorian et d'autres garçons, les suiveurs habituels, personnages secondaires, dont la seule fonction est de dorloter la vanité du petit chef. Ils se bousculent amicalement, ont de grands gestes : des mâles très alcoolisés et parfaitement insouciants. L'un d'entre eux, Enzo, se détache du groupe pour rejoindre le Camion à Fifi, fouillant péniblement sa poche de jean pour en tirer un portefeuille. J'observe. Miki n'a pas raté mon regard.

« Tu restes pas, Maria… »

Il a lâché ça malgré lui, comme s'il avait voulu me protéger mais sans s'en rendre compte.

« Enfin, je veux dire… » bredouille-t-il.

Je secoue la tête et lui adresse un sourire pour le rassurer. Pas un aussi joli sourire que celui d'Agnès, rien qui ne réchauffe autant, mais je note qu'il se détend et je perçois même le léger sifflement d'un soupir de relâchement.

« Non, t'inquiète. »

Agnès pose un baiser sur ma joue.

« À plus. Merci pour la balade, bonne nuit. »

Elle jette un coup d'œil à la Casio fine et dorée à son poignet.

« Ou plutôt bonjour », ajoute-t-elle avec un clin d'œil.

Miki lève une main et, se tenant par les épaules, le frère et la sœur s'éloignent. Trois mots, avec trois mots cette fille-là est capable de me faire flancher : « Ou plutôt bonjour. » Elle le sait, la garce, que ça me met par terre, c'est certain, mais son côté enfantin l'excuse.

Agnès et Miki rejoignent la lumière et le petit groupe. Dorian attrape Miki par le cou et ébouriffe sa tignasse. Puis il ramène Agnès à lui et l'embrasse. « À pleine bouche », aurait dit ma mère. Elle semble apprécier ça à en croire la manière qu'elle a de le regarder après qu'il l'a lâchée. J'enfile le casque plein de l'odeur citronnée d'Agnès et démarre ma moto.

Pas la peine de me mentir : je suis amoureuse. Ça secoue.

C'est l'histoire toute bête d'une fille amoureuse d'une autre fille. C'est une histoire qui finira mal.

16 septembre 2004 – deux jours avant Pouyes

La cafetière est encore chaude. Je remplis un mug à la propreté douteuse. Mon père a tous les défauts qu'un homme peut avoir mais il sait faire le café : noir et fort.

Il n'est pas là ce matin, ni dans la maison, ni devant (un coup d'œil par la fenêtre m'a suffi pour en juger). Je ne sais pas où il traîne mais je l'imagine plus volontiers au bar qu'à l'église. En tout cas, il n'est pas au château d'eau : il ne s'en occupe que le week-end, pour une raison que j'ai toujours ignorée et dont je me fiche.

Lorsque je suis rentrée cette nuit, je l'ai découvert endormi sur le canapé, devant la télé. Assis, les fesses posées bien à plat, son corps tordu avait basculé sur le côté. La vision m'a saisie : impossible de me souvenir de l'avoir déjà vu dormir avant ça.

Le matin, il était toujours debout le premier, à faire des « trucs par-ci, des trucs par-là » comme disait ma mère.

« Ton père, il faut toujours qu'il s'agite », raillait-elle avec indulgence.

Presque tous les matins, à mon réveil, il était déjà parti s'agiter quelque part. Ou simplement ailleurs. Le soir en revanche, il était là, toujours, un roc inamovible tout de muscles et d'os.

Il avait une phrase routinière : « Les filles, reposez-vous. Papa veille. »

Plusieurs fois, je m'étais relevée le soir, après avoir attendu longtemps dans mon lit, espérant le trouver endormi et le prendre en défaut. Mais il était toujours là, les yeux bien ouverts, assis dans son fauteuil devant la télé. Ou les coudes sur la table de la cuisine, menton posé sur ses doigts noués, les yeux plongés dans l'obscurité derrière les carreaux de la fenêtre. Il ne mentait ni ne fanfaronnait : dans ces moments-là, il veillait réellement sur nous. Mais que risquions-nous ? Il endossait avec conviction un rôle inutile. J'ai de la tendresse pour cet homme-là, celui qui n'existe plus que dans mes souvenirs, le père d'un monde au sens dérobé.

Cette nuit, j'ai ressenti un malaise à l'observer ainsi, abîmé, tordu. À le regarder dormir, a coulé sur moi l'obscénité du voyeur.

Après un court instant, il a levé un œil et n'a pas eu la réaction à laquelle je m'attendais : au lieu de se redresser promptement comme un gamin surpris à roupiller au dernier rang, il est resté immobile, le tronc tordu, et m'a offert un regard d'une douceur inattendue appartenant à une époque révolue. Ce regard qu'il avait quand je rentrais de l'école, devançant d'une heure le retour de ma mère. Était-il heureux de me voir ou commençait-il à égrener les minutes le séparant de son retour à elle ?

La douceur a disparu aussi vite qu'elle était venue et il s'est levé du canapé.

« Coupe la boîte quand tu te couches », il a grogné en gagnant sa chambre.

L'écran diffusait pour une énième fois le documentaire, aussi attendu et efficace qu'un téléfilm de Noël, des frères Naudet sur le 11 septembre. Des silhouettes couvertes de cendres, des pompiers. La deuxième tour qui tombe. J'ai éteint la télé et suis allée fumer plusieurs cigarettes dehors.

À y repenser ce matin, je comprends que j'attendais quelque chose, un signe qui n'est jamais venu.

*

Réveillée par les jappements de Sancho, j'ai enfilé un tee-shirt lâche sans manches et un caleçon de garçon : je l'ai dans mes affaires sans pouvoir expliquer d'où il vient ni à qui il a appartenu. C'est comme pour mon sweat-shirt « Contis 42 » : j'ai parfois l'impression que mes vêtements racontent des morceaux de ma vie que je n'ai pas vécus.

Je n'ai connu que deux garçons, ça me suffit bien, mais ils ne portaient pas ce genre de caleçon de jeune homme de bonne famille.

Le premier était un type délicat : Karim, surveillant de baignade au camping du Dauphin. Jamais de lunettes de soleil mais toujours, vissée sur le crâne, une casquette Poivre Blanc multicolore un peu ridicule. Il ne roulait pas des mécaniques. Il était gentil avec les enfants. Je n'avais pas encore seize ans et travaillais à la lingerie du camping. On était devenus amis et puis un soir, après le « cinquième », cette collation que prennent les saisonniers tard dans la nuit, je l'avais suivi dans sa tente et ça s'était fait. Il avait un matelas, un vrai, posé sur la terre. Tout était parfaitement rangé dans sa tente. Il m'avait caressée longuement et le désir était venu naturellement. Le souvenir que j'en garde est plaisant.

Quant au second, Paul, c'était une erreur. J'avais beaucoup trop bu et cédé devant son insistance. Il m'a pénétrée sans le ménagement qu'un peu d'expérience lui aurait donné (il m'a avoué après que c'était sa première fois). À un moment, il a porté son sexe devant ma bouche et j'ai détourné brusquement la tête.

« Je peux pas... » j'ai soufflé comme un aveu. Autant pour moi que pour lui.

Il n'a pas insisté mais, à coup sûr, n'a pas compris ma réticence : dans les films du premier samedi du mois, sur Canal+, les femmes faisaient ça. Je le savais mais la simple idée d'avoir ce machin innervé et tiède dans ma bouche me dégoûtait.

Mon mug de café à la main, j'ai rôdaillé un moment dans la baraque vide sans prêter attention aux jappements de Sancho : qu'il apprenne à patienter. Je n'ai touché à rien. Ici, les rares objets survivants ne me sont ni familiers ni amicaux. Il y en a si peu qu'on pourrait se demander si la personne qui loge ici a une vie ou prévoit d'en avoir une. Il n'y a pas de photos de ma mère (même si je sais que, quelque part, mon père a des albums). Pas de photos de moi non plus. Pas de bibelots, pas de décoration au mur si ce n'est, dans la cuisine, un poster publicitaire pour les couteaux Laguiole. Quand je suis partie, il y avait, dans les toilettes, une affiche des *Valseuses* montrant Depardieu et Dewaere en train de pêcher. Elle n'y est plus. Rien à quoi se rattacher si l'on voulait connaître mon père. Qui le voudrait ?

Un carillon m'informe que j'ai reçu un texto.

Salut c Agnès - Merci pour hier. T'as mon numéro maintenant. Je t'embrasse..

Elle a dû relever le mien sur mon contrat d'embauche au Mas. C'est un truc qu'on demande maintenant, le numéro de téléphone portable. Comme si tout le monde en avait un. L'idée qu'elle soit allée le chercher me plaît autant que les deux points, pas trois, suivant « Je t'embrasse » : ils ouvrent la porte à toutes sortes d'interprétations. Elle le sait.

Je me sers un deuxième mug de café, sors pour respirer l'air du matin et faire taire Sancho dont les aboiements de chiot ont redoublé.

Il est là, au bout de sa laisse tendue depuis le piquet, sautant vers l'avant, grattant le sol, donnant des coups de tête vains pour tenter de se détacher. Il jappe en direction d'un groupe de cinq garçons qui s'éloigne vers les vignes : Dorian, Miki, Enzo et deux de leurs copains les plus bêtes.

Lorsqu'il m'entend, mon chiot interrompt ses cris et s'élance vers moi. Je m'agenouille pour frotter ses oreilles, sans perdre de vue le petit groupe.

Le silence de Sancho attire l'attention de Dorian. Il se retourne. Nous échangeons un regard. Il affiche cet air de grand connard que je lui connais bien, puis tire la langue et la fait frétiller : un reptile lubrique. Il a vu ça dans *Scarface*. Il me dégoûte et l'idée que cette langue pénètre Agnès, de manière et d'autres, me colle la rage autant que la nausée. Miki s'est retourné aussi mais, contrairement aux autres, il fuit mon regard et sa tignasse blonde tombe devant ses yeux.

Enzo, lui, m'adresse un clin d'œil d'acteur de seconde zone et, du menton, m'indique la maison de mon père. Les gars se marrent, pas Miki, puis ils reprennent leur marche vers les premiers ceps de vigne.

L'œil noir, je les suis un moment tout en caressant Sancho. Je me souviens que nous avons été amis, ces garçons et moi, puis me retourne : le mur de la maison de mon père porte une inscription badigeonnée en marron. Celui qui l'a écrite a mal calculé son coup, car si les premières lettres se détachent bien, les dernières sont ramassées les unes contre les autres et piquent vers le bas.

« *GOUINASSE* »

Mon sang entre instantanément en ébullition. Pas pour l'insulte, je sais faire avec « la bave du crapaud » et toutes ces bêtises. Non, ce qui me fait enrager c'est l'endroit où ils ont tagué ça : mon père n'a rien à voir là-dedans. Je fais volte-face vers la bande et tombe de nouveau sur le regard de cette petite saloperie de Dorian. À mon intention, il lève le majeur – bien droit, bien raide – vers le ciel et s'éloigne avec les autres.

« Bonjour Sancho. Bien dormi ? Moi bof… » dis-je à mon chien en me relevant.

Sans bruit, j'avance d'un pas rapide vers le groupe. À une dizaine de mètres d'eux, je saisis un « long bois » de vigne au sol : la taille et le diamètre d'une bûchette. Je vais démolir ces ordures en commençant par le crâne de Dorian. Cinq mètres. Dorian s'effondrera-t-il ? Trois mètres, ils m'entendent, se retournent : quatre visages d'abrutis et celui simplement ahuri de Miki. Mais qu'est-ce qu'il fout avec eux ? Je lève le long bois pour l'abattre sur la tête de Dorian. S'il met son bras en opposition, je le lui briserai : la vigne morte est dure comme la pierre.

Mais au lieu de sa tête, c'est la mienne qui part tout à coup en avant. Mes dents qui s'entrechoquent. Mes reins qui ramassent une charge brutale. Un type sorti de nulle part m'a plaquée au sol avant que j'aie pu porter mon coup. Il a surgi sur le côté, sans que je le voie venir. En m'écroulant sous son poids, j'ai plié un cep de jeune vigne qui a déchiré mon tee-shirt et découvert ma poitrine. Le visage dans la terre, j'entends Dorian qui se marre tandis que le type sorti de nulle part prend lourdement appui sur ma hanche pour se relever.

« Ah ah, coucou les gros nichons ! » se marre Enzo.

D'un bond je me remets sur pied et me jette sur Dorian. Nous basculons au sol. Je suis forte mais il l'est plus et se contente de contenir mes coups en rigolant. Il roule, moi avec lui. Je me retrouve sur lui, ma poitrine à nu, et balance la tranche de ma main vers son visage. Sans effort, il pare mon geste en saisissant mon poignet. Il écarquille les yeux et sort sa langue dégueulasse.

« Donne-moi du bon lait, Maria ! »

Je rage, tente de me défaire de son emprise, je le tuerais si je le pouvais, mais deux autres mains me saisissent par les épaules et m'arrachent à lui. Je connais l'odeur et la puissance de ces bras bronzés qui me tiennent fermement alors que je me débats : mon père. Je croise son regard qui n'est pas pour moi mais pour les fumiers d'en face.

« C'est quoi ce bordel, putain ? dit mon père d'une voix ferme et sans crier. À six contre une, ça va les gars ? Bien les *cojones*…

— Tout doux Gaetano, répond Enzo, tu vas te faire un AVC, là. On s'amuse un peu, voilà…

— Si ça t'amuse de foutre ma fille à poil, fais bien gaffe, petit… »

Dorian se relève avec la nonchalance d'un seigneur las.

« Sinon quoi ? il demande d'une voix pleine de morgue.

— Sinon, j'irai voir ton père. »

À l'exception de Miki, tous éclatent de rire. Aller voir le père de Dorian, le père du petit prince… Personne n'est dupe, son père n'a que faire des gens comme nous.

« Mais vas-y, clochard, il va t'écouter c'est sûr… Et il va me punir, méchant méchant, bouuuh… »

Dorian mime l'enfant qui chouine et frotte ses yeux avec ses poings. Les autres se marrent de plus belle. J'ai envie de leur sauter dessus et de leur arracher de gros morceaux de peau avec mes dents. Mon père le sent et resserre son emprise.

« Fais pas d'histoires, Dorian. Pas chez moi. Et jusqu'au pin parasol, là, tu vois, t'es chez moi. Alors foutez-moi le camp ! »

Puis il se retourne vers moi et regarde mon tee-shirt déchiré.

« Et toi range-moi tes trucs, putain ! »

Il retourne sa colère contre moi pour ne pas perdre la face. Dorian pointe un doigt vers moi, ses yeux se plissent. Il m'évoque une de ces saletés d'aspic à tête plate, ceux qui dorment sous les cailloux et surgissent parfois entre les pieds des marcheurs sur les chemins de garrigue. Ceux qui font bondir en arrière, tomber sur le cul.

« On n'en a pas fini, nous deux. Conseil d'ami : t'approche plus d'elle !

— Allez oust, dégagez ! » lui renvoie mon père en me poussant déjà vers la maison.

La bande s'éloigne. Dorian prend Miki sous son épaule et frictionne sa touffe de cheveux : même virilité fraternelle de pacotille que devant le *Deux-trois*. Je n'entends pas ce que dit Dorian, seulement des sons. Les gars éclatent de rire.

Je passe mon pouce sur ma lèvre inférieure : elle saigne. Avec la couleur vient le goût ferrugineux entre mes lèvres et sur ma langue.

« C'est qui "elle" ? »

Je fais mine de ne pas comprendre la question.

« "T'approche plus d'elle." C'est qui elle ? C'est quoi l'histoire, Maria ? »

D'un mouvement de tête j'indique la maison, l'inscription sur le mur. Mon père observe, lève un sourcil comme s'il ne comprenait pas le mot. Il crache par terre.

« Les enculés. Tu peux être sûre qu'ils ont badigeonné ça à la merde. »

J'opine : comme lui, je n'en doute pas. Il me regarde et je crois deviner un peu de tendresse dans ses yeux, quelque chose d'ancien, un briquet qu'on allume discrètement en mettant les mains devant pour ne pas se faire repérer dans le noir.

« Je vais te montrer quelque chose, me dit-il en agitant son index devant mon tee-shirt déchiré. Mais d'abord, par pitié, va mettre un truc sur tes doudous. »

*

Le château d'eau où travaille mon père, et qui jouxte sa maison, est relativement célèbre pour sa hauteur qui dépasse de loin la grande majorité des édifices du même genre. Mon père explique que c'est à cause de la hauteur du village.

« Il faut que la flotte tombe de haut pour remonter jusqu'aux robinets des maisons. Pas de pompe, juste la gravité. Bien fichu le bousin. »

Le château ne s'évase pas vers le sommet comme c'est le plus souvent le cas : c'est un tube, un gros mégot granitique qui aurait atterri entre vignes et forêts.

Depuis le sommet, on a une vue sans comparaison sur ces dernières. La garrigue et le village sur sa colline finissent de dessiner une aimable petite carte postale. Je le découvre car je n'avais jamais été autorisée à y monter avant aujourd'hui : « Trop dangereux, fille. » Cette fois, c'est lui qui m'a emmenée.

Assise en tailleur, je fume une cigarette à ses côtés. Il fait bon là-haut. Une odeur de sève monte depuis la forêt de pins plantée derrière le baraquement de mon père. Elle annonce une journée chaude. Dans mon dos, la turbine, qui brasse en permanence l'eau, émet un bruit sourd. Deux bassins olympiques de contenance, d'après mon père. L'eau s'évapore très légèrement, en permanence, des petites gouttes se condensent sur la voûte surplombant le bassin et finissent par y retomber.

« Ta-pou » ça fait. « Ta-pou », comme un trucage sonore dans un film d'épouvante. Le son se répercute longtemps entre les murs de la cuve jusqu'à disparaître. Et de nouveau, « ta-pou ».

Mon père est debout à côté de moi, les pieds au bord du vide. Il a baissé son froc usé et jauni, et urine en se fichant bien que je voie son machin.

« Je déconseille si y a du mistral… se marre-t-il.

— Ou si t'as picolé… » je lui renvoie en indiquant du menton le pack de Kro qu'il a monté.

Il est dix heures du matin, il a déjà éclusé plusieurs canettes et ce n'est qu'un début.

« Pour sûr. Quoiqu'une chute de soixante-seize mètres, tu dessaoules d'un coup, hein ?! »

Il rigole de nouveau, empoigne son sexe à pleine main, le secoue puis le remballe sans ménagement. Il ferme les yeux en même temps que les boutons de son jean et s'installe à côté de moi, accroupi à la japonaise, les deux pieds bien à plat et les fesses posées sur les chevilles. Une posture habituelle chez lui. Jamais je n'ai réussi à faire de même sans perdre l'équilibre et rouler en arrière. Lui ne sait pas s'asseoir autrement.

Nous contemplons à deux la carte postale.

Mon père, méthodiquement, arrache des croûtes des paumes de ses mains calleuses puis inspecte les chairs mortes comme de petits insectes qu'il aurait rançonnés à l'écorce d'un arbre. Il les fait rouler entre deux doigts avec satisfaction puis s'en débarrasse d'une pichenette. Une peau retorse à la base de l'index l'oblige à utiliser ses incisives jaunies par les Gitanes. Ça me dégoûte. Un bout de langue apparaît entre ses lèvres serrées : il crache la cuticule mastiquée comme un noyau de cerise, avant de se tourner vers moi.

« T'es pas venue me foutre le bordel Maria, hein ?

— Non.

— Qu'est-ce qu'il a, Dorian ? C'était un copain à toi, non ? »

Je lève un sourcil. Mon père fait de louables efforts pour me parler mais il serait bien incapable de m'écouter si je lui répondais. Mieux vaut que je me taise.

« Ses parents, je les aime déjà pas beaucoup. Les rupins du pain, ah ah ! »

Il crache dans le vide. Je ne lui fais pas le plaisir de sourire à son bon mot : les parents de Dorian sont des boulangers embourgeoisés et prospères.

« Et leur gamin… Une mauvaise plante, celui-là. Déjà petit… Un merdeux. »

Il s'interrompt, prend une grande respiration et souffle longuement, comme s'il cherchait à vider ses poumons jusqu'à les ratatiner comme deux raisins secs.

« Toi qui es plus maline qu'un putain de singe, tu connais cette phrase, non : “On peut plus facilement compter ses moutons que savoir qui sont ses amis." C'est Socrate qui a écrit ça.

— Non. C'est pas Socrate. »

Ça l'étonne. Il me scrute un moment, l'air suspicieux, vérifie que je ne me moque pas de lui.

« C'est pas Socrate ?

— Non.

— C'est qui alors ?

— Je sais pas. Mais c'est pas Socrate. Platon peut-être...

— Socrate, Platon, c'est pareil », soupire mon père.

Il n'a pas tout à fait tort. J'opine.

Dans les vignes, à quelques centaines de mètres de là, un petit groupe de saisonniers rattrape sa ligne. Chez Leguet, sauf à avoir pris beaucoup de retard, on ne travaille pas avant midi le dernier jeudi matin des vendanges. Cela a un rapport avec la mort de la mère d'Agnès et de Miki mais personne n'en sait plus.

« J'ai reçu tes lettres. Je les garde dans une boîte », lance mon père.

Il a reçu mes lettres, il les garde, les range même. Je ne trouve rien à répondre.

« Tu sais, moi, écrire, c'est pas trop mon fort...

— Pas grave. »

Je pourrais lui dire que je n'écris pas vraiment pour lui – je me suis toujours raconté que j'écrivais pour moi – mais le plaisir que j'ai ressenti en l'imaginant me lire, sa Gitane coincée entre les lèvres, me fait taire.

« Quand ça va pas, je fais un truc », il ajoute avant de s'interrompre comme s'il se surprenait à avoir trop parlé.

Je suis tout aussi surprise mais, cette fois, je relance.

« Un truc ?

— Enfin "quand ça va pas...". Je veux dire : quand ce putain de village me sort par les yeux. Ou quand je pense à... ta mère, ou... je sais pas, tu vois ? Bref, je viens pisser dans la cuve. Un petit pipi au milieu d'un volume de flotte pareil, c'est pas bien grave, hein, pas comme si je jetais une charogne au fond. Ça, ce serait drôle putain, ça ferait des dégâts ! La pisse, il paraît qu'y a des gens qui en boivent au petit déjeuner. T'imagines ? Bon, rien de méchant quoi, mais ça me fait du bien de me dire que tous ces trous du cul boiront un jour de ma pisse. Peut-être. Au moment où la pire des canicules les assoiffera, au moment où ils auront un genou à terre, et leurs morveux pareil. "Buvez la pisse à papa Gaetano, les potes, vous allez adorer !" » il jubile, l'œil brillant.

Il a les images devant les yeux, à coup sûr, et les chasse en ouvrant une nouvelle canette.

« Et ça fait un boucan ce petit pissou, si tu savais ! Ça résonne du feu de Dieu. »

Cette fois, je souris largement en l'imaginant réjoui, urinant avec plaisir dans l'eau bleu canard, le son puissant du jet augmenté par l'écho. Ça me fait du bien de l'imaginer heureux, un moment.

Enfin, il arrive où il voulait en venir.

« Bref, si t'es en colère un jour, viens donc pisser là-dedans plutôt que de faire une connerie.

— Suis pas équipée pour. »

Il me regarde et son œil brille de nouveau.

« Ah bon ? » il ironise.

Je pourrais lui dire d'aller se faire voir mais je m'en fiche.

« Fais-toi petite, Maria. Je veux pas d'embrouille ici. Ils finiront par t'oublier…

— S'ils ne m'ont pas tuée avant.

— Ça, c'est le risque ! » il me répond en partant dans son rire de fumeur de Gitane.

Mais vite son regard s'assombrit et, après un temps, il opine pour valider la pensée qui vient de traverser son esprit : qu'il soit d'accord avec lui-même, c'est déjà pas mal.

« Fréquents sont les morts », lâche-t-il la mine sombre.

Et il le répète.

« Fréquents sont les morts. »

Son rictus dit qu'il comprend quelque chose qui, pour moi, restera certainement inaccessible. Je me lève.

« J'embauche à quatorze heures. »

Ça me laisse tout juste le temps d'aller voir ma mère. Ça, je le garde pour moi.

*

Une quinzaine de kilomètres sépare le Mas de Tourenque du cimetière d'Aumelas où est enterrée ma mère. Cela ne m'a pris qu'une dizaine de minutes pour m'y rendre à moto.

Comme à chaque fois, arrivée devant sa tombe, je ressens la même affliction : la pierre est laide, elle aurait mérité mieux. Mon père a mauvais goût, ou pas de goût du tout, et comme jusqu'au bout ma mère a voulu nous tenir éloignés de l'idée de sa mort, elle n'a laissé aucune consigne. Elle est donc là, pour l'éternité ou ce qui s'en rapproche, attifée d'une dalle rose dragée gravée d'aubépines noires.

Deux petits cadres soutenus par des chevalets en fer sont pris dans la pierre pour résister au vent. Et aux voleurs. Le premier supporte un cliché de mon père, ma mère et moi, bien habillés et souriants. La photo a été prise un 14 juillet (ma mère nous habillait toujours pour la fête nationale). Sur l'autre cadre a été gravé « *Ne me quitte pas* ». Trois fois. « *Ne me quitte pas, ne me quitte pas, ne me quitte pas.* » Ce n'est qu'en lisant ces mots, innocents et ridicules, de mon père à ma mère, que viennent les larmes. Elle était tout pour lui, et avec moi, il ne lui est pas resté grand-chose. J'essuie mes yeux avant que les larmes ne coulent.

Un souvenir me rattrape alors : mon père et moi, accrochée à sa main, étions allés choisir la pierre tombale ensemble. Je l'avais trouvée magnifique. Une chose m'avait cependant traumatisée jusqu'à venir empoisonner mes nuits durant de long mois : la manière dont le vendeur nous avait fait l'article concernant le cercueil.

« Celui-ci, en plus d'être beau, est imputrescible », il avait proclamé.

Ni mon père ni moi ne connaissions ce mot. Alors le vendeur nous avait gratifiés d'un léger sourire, aussi professionnel que condescendant.

« C'est-à-dire qu'il ne pourrira pas. Les vers et les bestioles là-dessous ne pourront pas venir... euh, comment, faire leur affaire du corps. Votre dame restera inviolée pour l'éternité. »

J'ai conscience aujourd'hui de l'indécence du bonhomme. L'horreur des mots prononcés, la componction dégoulinante. Mais ce qui m'avait choquée à l'époque c'était que, justement, ma mère dorme désormais « là-dessous » pour toujours. Que son corps sèche, devienne comme ces momies vues à la télévision : un corps décalcifié, des globes oculaires ratatinés, une dentition inquiétante et des cheveux plus cassants que la paille de canicule. Ma mère méritait de retourner à la nature, à la terre qu'elle aimait tant. Que les lombrics fassent leur office !

Mais mon père avait dit « oui » pour ce cercueil et la tombe avait été scellée.

À chaque fois que je viens ici, je pense au corps de ma mère dans cette boîte au lieu de pouvoir imaginer son âme planant quelque part. Pas que je croie aux âmes « planant quelque part » mais, tant qu'à faire, je préférerais quelque chose à quoi je ne crois pas plutôt que quelque chose que je sais trop bien.

Je parle quand même au corps dans la boîte, sous l'affreuse dalle. Je le fais systématiquement. Debout devant ma mère, je suis incapable de me tenir silencieuse dans l'attitude de recueillement attendue. Quand je suis seule, je parle. Je ne le faisais pas, plus jeune, quand je venais fleurir la tombe avec mon père. Aujourd'hui, je demande à la pierre, et à ma mère en dessous, de le protéger. Je lui dis qu'il va mal.

Ensuite seulement je parle de moi.

« De mon côté ça va pas super bien non plus. Rien de létal, hein ? Santé super, pleine forme regarde, je dis en tournant sur moi-même. C'est autre chose… Comment te dire ? Je suis enchaînée à un souvenir, maman. Au souvenir d'une nuit. Une seule et unique nuit. Je suis coincée là, je revis le truc, tu vois, sans arrêt. Cette nuit-là, je pourris sur pied à cause de cette nuit-là. Et la fille avec qui j'étais… Je suis sûre que c'était plus qu'une nuit. En fait, j'en sais rien. Tu vois, j'ai appris ce concept : la cristallisation. Je fais de bonnes études, maman, tu serais fière. La cristallisation, ça veut dire qu'on se construit une image fausse de quelque chose qui est arrivé. On rend le truc plus beau que ce qu'il était vraiment. Du coup, le réel ne peut plus concurrencer l'image cristallisée, fausse quoi. En gros, c'est ça. Alors, depuis cette nuit, je peux pas avancer… dans la vie. »

La pierre continue à m'écouter sans rien dire. Elle fait toujours ça, la pierre. Je ne m'en formalise pas.

« C'est pour ça que je suis revenue. Pour voir si derrière ça, y a quelque chose qui existe. J'ai pas de réponse pour l'instant. »

Ma mère, je la cristallise peut-être aussi. Sans doute qu'elle était pleine de défauts mais mes souvenirs se barricadent.

« Et puis c'est pas que cette fille, c'est les autres aussi, les copains du village. Je fais plus partie de… de ça. Je suis sortie du rang. J'ai toujours été un peu à côté mais là, je suis carrément toute seule. La solitude, ça m'allait un moment. Au début. Maintenant, ça me pèse. Je dis des banalités, tu m'excuses, hein ? Et Agnès, c'est le nom de la fille, je l'ai laissée derrière moi. Je voudrais… Tu vas rire. Je voudrais la sauver, comme tu disais qu'il fallait faire. »

À ma droite passe un couple avec deux enfants. La petite fille, bien habillée quoique chaudement, porte un bouquet très coloré à la main. Le père m'adresse un coup de menton en guise de salutation, j'esquisse un sourire poli comme réponse. J'attends qu'ils soient assez loin pour ne plus entendre leurs pas sur le gravier, et je reprends mon monologue.

« Je voudrais la sortir de là, elle. Lui montrer qu'il y a un autre monde. L'emmener avec moi. »

La pierre a-t-elle vraiment envie d'entendre la suite ?

« Le truc c'est que je la désire, je veux dire physiquement, tellement, ça fausse mon jugement. Et je suis pas complètement sûre qu'elle me désire aussi. Peut-être que c'est juste mon corps de femme qui l'intéresse. L'expérience, tu vois ? Parce que, cette fille-là, elle aime les garçons, normalement. Elle est belle. Tu me dirais que moi aussi mais, là, je te parle d'une beauté qu'on croise pas deux fois dans sa vie. Quand elle entre dans une pièce, elle envoie valser les meubles. Elle confisque l'air. Sans le faire exprès. Tous, ils vivent avec elle sans s'en rendre compte. Enfin, tout le monde sait qu'elle est belle. Mais pas comme moi je le sais. »

La famille s'est arrêtée devant une tombe plus jolie que celle sur laquelle je m'épanche. La gamine pose son bouquet sur la pierre. Ils se tiennent debout côte à côte, face à leur pierre à eux, la fillette appuyée contre la large hanche de sa mère.

« Voilà. J'ai plus grand-chose à dire. Ouais si, désolée de pas être venue depuis trois ans. Je t'aime, maman. »

*

J'ai quitté le cimetière, couvert les quinze kilomètres retour et embauché aux vignes avant même que Jean-Mich ne soit prêt. Ça lui a mis un petit coup de pression.

Agnès n'est pas là. Miki joue les contremaîtres. Il a noté quelques infos sur son Palm lorsque, de loin, il nous a vus nous mettre au travail avec mon débardeur.

« Tiens, il se tient à distance le plumeau, a remarqué Jean-Mich en chargeant un panier sur son dos.

— Il n'est pas fier de lui…

— Ouais… Allez, au boulot. Ce soir c'est prime et saucisson ! »

Ça n'a pas raté, quatre heures plus tard, j'ai laissé le saucisson à Jean-Mich et nous avons partagé les 30 euros. Pas une fois de la journée je n'ai vu Agnès.

*

Après le travail, je décide de monter au village à pied pour faire quelques courses à la supérette et acheter du pain chez Pujol. Bien obligée, mon père n'a rien dans ses placards. Sur l'allée cavalière menant du chai à la route, j'entends des pas rapides dans mon dos, une course. Instantanément, je me tends. Dorian a dit qu'on n'en resterait pas là : je suis prête.

Me retournant, je me détends. C'est Miki qui vient vers moi. Sa *melena* blonde en pagaille (« *que melena hija* », me complimentait souvent ma mère en passant sa main dans mes cheveux) s'agite au-dessus de sa tête à chacun de ses pas. On dirait un bobtail : ridicule mais mignon. De Miki, rien de mal ne peut venir.

« Maria, attends ! »

J'obtempère.

« Je t'ai pas vue partir, désolé. T'aurais dû rester. On boit un coup avec quelques saisonniers, ça te tente ? »

Il interprète parfaitement la petite grimace que je lui adresse en guise de réponse.

« Sans Dorian, ni Enzo.

— C'est sympa, Miki, mais non, je fais quelques courses et file à la douche. »

Une image a poinçonné sa rétine et je sais parfaitement laquelle : moi, nue sous la douche.

« Oui. J'y vais moi aussi », il grimace en reniflant son aisselle.

Je voudrais lui en vouloir pour ce matin, être cassante, mais je n'y arrive pas. Je sais les faiblesses de Miki et la force du groupe.

« Alors à demain, dis-je en levant la main, prête à reprendre ma route.

— Attends, attends. Je voulais m'excuser pour le… tag sur ta maison. Ils sont cons. J'ai voulu les arrêter…

— T'inquiète. Ils sont cons, oui. Mais c'est pas ma maison alors on s'en fout hein. On passe à autre chose ?

— Allez ! me répond Miki avec son air irrésistible.

— À demain alors. La douche nous attend. »

En disant ça, je me surprends à vouloir raviver dans ses yeux le feu que j'ai allumé plus tôt. Qu'est-ce qui me prend ? Je teste mon pouvoir de séduction sur un mâle hétérosexuel de seize ans. Je me sens nulle.

« Oui. À demain », répond-il en se retournant.

Il a déjà filé. Et en courant. C'est un garçon qui court, Miki. Et vite, en plus.

*

La supérette est tenue par Manuel, un quinquagénaire avenant qui me parle systématiquement de ma mère. D'une manière ou d'une autre, il ramène toujours le sujet à ma mère. Je ne sais pas s'il pense que j'aime parler d'elle ou s'il le fait pour son plaisir personnel. Peut-être ont-ils été proches un jour. Il l'a sous-entendu une fois et j'avais senti sa tristesse en évoquant son souvenir.

Deux paquets de chips, des olives en conserve, une bouteille de J.P. Chenet (2,90 euros, goulot tordu), des figues, une grappe de raisin rouge : je me faufile entre les étroits rayons et dépose mes courses devant Manuel.

« Ah, des figues ! Tu sais que c'était le fruit préféré de Sara ? Ta maman, précise-t-il au cas où j'aurais eu un doute sur la Sara en question.

— Non. Je ne savais pas, dis-je poliment.

— Mais si ! il s'enthousiasme. Elle venait toujours me voir début août pour me dire : "Manu, les figues, tu sais, hein ? Tu me mets les plus belles de côté." Toujours ! Bien sûr, je le faisais. On pouvait pas lui dire non à ta maman. »

Poliment, j'opine sans être tout à fait sûre qu'il ait raison : j'ignore tout de ce pouvoir qu'avait, semble-t-il, ma mère. Il pose sa main sur la mienne, une grosse main épaisse et chaude, et se penche vers moi.

« Je pouvais rien lui refuser à Kali », murmure-t-il sur le ton de la confidence.

Je n'aime pas ça, le sous-texte assumé me met mal à l'aise, tout comme la chaleur de sa main et la familiarité qu'il cherche à instaurer entre nous en usant du surnom de ma mère. Je retire ma main pour prendre un paquet de chewing-gum.

« Je vous dois combien ? »

Il additionne les chiffres sur sa caisse.

« 12,30 euros, fille.

— Ah, quand même…

— Té, cette saloperie d'euro ! éructe-t-il sans préavis. Ça me désole hein, mais je dois répercuter les prix des fournisseurs. »

Voilà un début de conversation qui ne m'intéresse pas du tout. Je fouille ma poche pour trouver ma monnaie.

« À être là, tu sors pour Pouyes ?

— Non, pas cette année, non. »

Ça le laisse songeur que je ne participe pas au carnaval de Pouyes. Que je ne souhaite pas faire honneur à la tradition, m'offrir en pâture et me faire rouler dans les excréments. Ce n'est rien d'autre que ça, Pouyes : des hommes, anonymes sous leur masque et leur accoutrement de bête, qui chassent des femmes, victimes consentantes.

Mes courses rassemblées dans un sac plastique épais, « pour toi j'ai mis un solide, pitchoune », je quitte la supérette alors que Manuel me demande de saluer mon père : il ne l'a pas vu depuis longtemps. Le paquet de chips est à 2 euros, il ne verra plus grand monde d'ici peu.

Une cinquantaine de mètres séparent la supérette de la boulangerie Pujol, la première que les parents de Dorian ont eue. À l'intérieur, deux personnes me précèdent.

Fanny, la sœur de Dorian, tient la caisse. Si Dorian a hérité de la beauté de sa mère, Fanny a pris le pire à son père : un corps lourd, des yeux tombant sous des sourcils désordonnés, un début de goitre qui n'annonce rien de bon pour les années à venir. Fanny est bovine. Pourtant, lorsqu'elle sourit, elle donne envie d'en faire autant.

Elle est pour moi ce qui se rapproche le plus d'une amie.

« Ça sera ? me demande-t-elle sans lever le nez.

— Une douzaine de merguez, s'il vous plaît », je dis avec un accent à couper au couteau.

Les deux billes bleu barbeau de Fanny se lèvent vers moi et son visage s'éclaire.

« Maria ! » elle crie en faisant le tour de son présentoir.

Nous nous prenons dans les bras. Ça me fait plaisir d'avoir ce morceau de femme contre moi.

« Je savais pas que tu étais revenue !

— Pourtant j'ai vu ton frère de près. Et plusieurs fois.

— Peuchère, qu'est-ce qu'il a encore fait ce con ? elle soupire.

— Des trucs de con. T'inquiète, je me défends.

— Pour sûr, ma belle. T'es de retour pour de bon ?

— Non, seulement la fin des vendanges. L'argent. »

Une cliente entre dans le magasin et Fanny repasse derrière sa caisse et son présentoir de Chupa Chups.

« Dommage. Bon, dis-moi, je te mets quoi ?

— Une baguette. Et la fougasse aux lardons que tu as là, dis-je en pointant la vitrine.

— Allez ! »

C'est le moment que choisit la mère Pujol pour quitter son arrière-boutique et entrer en scène : jupe en tweed inappropriée pour la saison, chemise en flanelle, boucles d'oreilles dorées et sautoir à perles. C'est un cliché de la parvenue mais elle aime son rôle et l'endosse à la perfection. C'est aussi une belle femme, grande, fine, dont la fille est le parfait faire-valoir.

Les Pujol ont cinq boulangeries dans la région, ce qui fait d'eux des notables, des gens importants. Les gens riches, ici comme ailleurs, on les respecte.

« Tiens, une revenante. Maria Gaetano. Heureuse de te voir », elle me lance, un sourire fat plaqué sur ses lèvres rouge cinabre.

La même bobine d'aspic que son fils. Je la méprise autant que j'apprécie sa fille.

« Bonjour Madame Pujol.

— Fanny chérie, qu'est-ce que tu fais encore là ? Mamie t'attend pour l'emmener au loto.

— Merde, j'ai zappé, siffle Fanny entre ses dents, dénouant son tablier. Désolée Maria, on se voit avant que tu repartes.

— Carrément !

— Tu sors pour Pouyes ?

— C'est pas prévu, non. »

Elle affiche un air déçu.

« C'est peut-être mieux », commente sa mère.

Fanny disparaît vers l'arrière-boutique. Sa mère et moi nous observons un instant sans parler. Elle ne m'aime pas : elle me reproche d'avoir envoyé son fils aux urgences et me juge « déviante » (seule raison pour laquelle, selon elle, la compagnie de son fils n'est pas la source de toutes mes joies). Je ne l'aime pas non plus.

« Tu veux, Maria ?

— Une baguette et la fougasse qui vous reste. »

Trop heureuse, elle feint l'affliction. C'est au-dessus de ses compétences, mais elle a le mérite de tenir son rôle.

« Dame… La fougasse je la garde pour Dorian, j'avais demandé à Fanny de la mettre de côté. Quelle tête en l'air, tu la connais. »

Bien entendu. J'opine.

« La baguette alors, s'il vous plaît.

— Tu as vu l'heure ? Elles sont toutes réservées. On a été dévalisés aujourd'hui.

— Eh oui… Pas de bol. Bonne soirée, madame. Mes amitiés à votre époux. Il se souvient de moi je pense. »

Tout le monde sait que Pujol est un coureur de jupons et que, malgré le physique peu avenant du monsieur, sa femme est la reine des cocues.

« Je n'y manquerai pas. Au revoir, Maria, me répond la mère Pujol, les lèvres pincées. Appelle la prochaine fois et je te mettrai du pain de côté. Tu as un portable, hein ? Peut-être pas… Ça coûte une fortune, ces cochonneries. »

En sortant de la boulangerie, le carillon de la porte résonne et c'est à l'extérieur, au grand air, que s'empare de moi une colère soudaine. Ce sont ses dents que je voudrais lui faire porter en sautoir. Mais je me rappelle pour quelle femme je suis revenue ici et ce n'est certainement pas pour cette vieille harpie.

*

Mon père est rentré tard. Il m'a saluée d'un vague geste de la main, ne m'a posé aucune question et a filé dans sa chambre. Je me demande s'il se douche parfois. Ou même s'il se lave les dents.

Comme la veille, installée sur une chaise de jardin, tournée vers les vignes qu'aucune lune n'éclaire, j'attends. Un texto, quelque chose. Peut-être Agnès surgira-t-elle de nouveau ?

À deux heures du matin, j'abandonne. Le dernier vendredi de vendanges, veille de Pouyes, on doit se présenter sur nos lignes à six heures. Au moins, on débauchera tôt, en début d'après-midi. Je dois dormir, je n'ai plus de cigarettes et me sens pathétique d'avoir attendu celle qui ne viendra pas.

17 septembre 2004 – veille de Pouyes

Ce matin encore, Agnès n'est pas aux vignes. Dorian non plus. Je ne peux m'empêcher de les imaginer au lit, allongés nus l'un contre l'autre, et lui, le mâle, prenant en main une érection demandant à être considérée. Je les imagine faire l'amour mais tente de chasser ces images qui affectent mon travail : mollement, je remonte mes lignes sans même apprécier le lever de soleil qui consume les vignes durant quelques minutes. Si mollement que Jean-Mich réussit à suivre mon rythme. Il en conclut qu'il gagne en efficacité, qu'on se trouve « de mieux en mieux » lui et moi.

« Une semaine de plus à se pratiquer et on aurait abattu le travail de quatre bonshommes. »

Peut-être.

Au lieu d'Agnès, c'est une fille que je ne connais pas, maigre et laide – la faute, notamment, à de minuscules dents chaussées dans des gencives démesurées –, qui joue les contremaîtres. Sans grâce.

Elle constate que mon débardeur et moi, après une longue matinée achevée à quatorze heures, avons droit à la prime et au saucisson. Nous la partageons de nouveau, Jean-Mich et moi, et donnons le saucisson d'aloyau au binôme arrivé second. C'est la coutume quand on l'emporte deux jours d'affilée. Je l'explique à Jean-Mich, qui obtempère, non sans ronchonner.

Agnès et les autres, je sais où ils sont : ils préparent la fête de l'âne blanc. Elle aura lieu à la Grange Pouyes. Ils doivent être quelques-uns à s'affairer là-bas pour que tout soit prêt à quinze heures. C'est une tradition que j'aimais avant. Elle m'apparaît aujourd'hui décadente et stupide. L'âne blanc.

Le Mas de Tourenque est une grande propriété où de beaux bâtiments de vie aux épais murs de pierre côtoient des hangars en tôle à usage opérationnel. Il y a aussi deux granges : une pour les foins, cachée derrière le plus grand bâtiment où vit la famille, et une seconde, toute de vieilles planches dressée, implantée à distance des autres bâtiments, en retrait de l'allée cavalière menant à la route. La végétation autour de la grange, à force d'avoir été foulée, a laissé place à un terre-plein sec et pelé.

C'est ici que ça se passe, c'est ici la Grange Pouyes.

À l'ombre d'un cèdre tordu, les fesses calées sur une racine adventive, je me tiens à bonne distance, en retrait de l'agitation entretenue par une cinquantaine de saisonniers. À intervalles réguliers, ils braillent avec enthousiasme pour répondre aux harangues du seigneur des lieux, Éric Leguet.

Lui, ce beau type musclé, visage creusé, crinière évoquant le Redford de *Out of Africa*, se tient sur une mezzanine surplombant la foule. Il est éblouissant dans son petit genre. Aux côtés de Dieu le Père, Agnès, Dorian et Miki font office d'angelots bénis par une nature avantageuse et dorés par les mois passés au soleil.

Au pied de la mezzanine, au centre de la masse humaine, on a installé une vieille baignoire cabossée en fonte. Elle est rouillée et sa peinture blanche largement écaillée. Elle a dû, à une époque lointaine, être la pièce maîtresse d'une salle de bains bourgeoise, mais aujourd'hui, les quatre fers dans la terre, elle n'a plus rien de sa superbe. On l'a remplie à ras bord d'un liquide violet putride, pâteux et luisant qui fait la joie des centaines de mouches le survolant et y posant leurs pattes fines le temps d'une ponction rapide.

L'image évoque un baleineau mort, échoué sur une plage, le ventre ouvert grouillant de vermine et qu'entourerait une foule de curieux. Les enfants s'amusent à donner des coups de pied dans la chair, elle est moins flasque qu'il n'y paraît. Ils braillent de joie autant que de dégoût lorsque les essaims de mouches s'envolent.

« Les vendanges ont été bonnes ! » crie Leguet en brandissant le bras.

Une fois encore, l'assistance lui répond avec allégresse : certains se tapent dans la main, applaudissent ou lèvent le bras à la manière du *patrón*. Leguet arrive à leur faire croire qu'ils sont importants, qu'ils ont fait quelque chose de grand. Ramasser des raisins, remplir des hottes… ils ont changé le cours de l'histoire, c'est sûr.

Les habitués sont excités, les nouveaux fascinés et fébrilement expectatifs. Ils questionnent la présence de cette baignoire mais la règle est que les anciens n'ont pas le droit d'en parler.

Je pourrais presque m'en amuser : je connais la mise en scène, je sais où tout ça va, ce qui va suivre. Mais ça ne prend plus avec moi. Je ne souris pas. Je ne pense qu'à Agnès.

Deux jours que je ne l'ai pas vue. Elle sait où me trouver, pourtant. Elle a mon numéro. Ai-je été trop distante quand elle est venue me trouver l'autre soir ? Je pense que la main posée sur sa cuisse quand je la conduisais au *Deux-trois* était suffisamment explicite. Peut-être pas. Et puis, j'ai son numéro moi aussi. Et je n'en fais rien. Elle met un tel bazar dans ma tête.

Depuis son perchoir, la déesse contemple le petit peuple et, parce qu'il en va ainsi avec Agnès, un rayon de soleil nettement découpé la place, elle et elle seule, dans une lumière vibrante. Vu la courte robe qu'elle porte, je ne doute pas que les bonshommes au pied de la mezzanine, ceux pour qui l'angle est bon, apprécient particulièrement cette cérémonie païenne. Agnès s'en fiche.

« Vous avez tous fait un travail sensationnel : votre énergie et votre courage ont fait honneur à cette terre ! » continue Leguet.

Les mots choisis, autant que les réactions enthousiastes, me consternent. « Votre courage »...

« É-ric ! É-ric ! É-ric ! » crient les saisonniers, bien lancés par Dorian.

Leguet le prend sous son épaule. Agnès apprécie et applaudit de concert avec les saisonniers. Elle scande le nom de son père, à sa manière, en secouant le poing en rythme au-dessus de sa tête. Enfin Leguet, une main levée, réclame le silence.

« Dorian, fils, tu as assumé cette année pour la première fois le rôle de meneur et tu sais combien cela compte pour moi. »

Dorian opine en bon soldat, faisant preuve de l'humilité attendue devant les compliments de sa hiérarchie. Leguet se tourne vers son fils Miki.

« Tu as pris mon Miki sous ton aile, tu l'as accompagné comme un frère, comme tu le fais depuis longtemps. Je sais qu'avec vous deux la relève est tout assurée. »

Applaudissements, de nouveau. Ils m'irritent, surtout ceux d'Agnès qui participe joyeusement à cette démonstration de sentiments virils. Cette manière qu'elle a de taper la paume de sa main gauche avec le bout des doigts de la droite m'irrite.

« Mais... s'il vous plaît, ne vous voyez pas trop beaux, les garçons, il vous reste beaucoup à apprendre. Je suis loin de tirer ma révérence. Et puis... »

Leguet laisse flotter ses mots et se tourne vers sa fille.

« ... et puis, les garçons, il y a ici une jeune personne qui nous met tous à l'amende. Et foutrement ! » crie-t-il.

Le père tend la main vers sa fille et Agnès la saisit. La ramenant près de lui, il la tire hors du rayon du soleil.

« Ma fille ! »

Les « hourras » saluent la mise à l'honneur d'Agnès qui gratifie la piétaille d'une révérence de jeune vierge. Elle écarte légèrement les pans de sa robe avec les pinces des mains. Ce coup-ci, c'est son prénom que scandent les saisonniers.

« Ma chérie il n'y a que toi pour mettre au pas cinquante de ces gaillards... et le plus gaillard d'entre eux ! » précise Leguet en indiquant Dorian.

Il prend à nouveau Dorian sous son épaule comme pour l'unir à sa fille. Ça me dégoûte.

« Le bisou, le bisou, le bisou, vocifèrent les spectateurs un étage en dessous.

— Mon Dieu, ne m'obligez pas à voir ça ! s'amuse Leguet. Et puis j'ai mieux pour vous... »

Il indique la baignoire.

« La *bañha* Pouyes est prête. Vous savez ce que ça veut dire ? »

Un temps il se tait, ménage de nouveau son effet.

« Qu'on amène l'âne blanc ! »

Ceux qui savent hurlent de joie et ceux qui ignorent, portés par l'excitation communicative, rejoignent vite les premiers. Alors que j'avais cru n'en avoir plus rien à faire, je me surprends à me demander qui sera cette année l'âne blanc. La première victime « Blanche » de Pouyes. L'âne imbécile, arrivé un jour trop tôt et qui, pour la peine, sera le premier à goûter la cuvée Pouyes de l'année.

Après tout, je supporte depuis vingt minutes ce spectacle de louanges éventées et de camaraderie bonhomme, je peux assumer cinq minutes de plus ma curiosité malsaine.

J'aurais parié sur Jean-Mich, un âne blanc noir voilà de quoi amuser la foule, voilà de quoi donner lieu à un chapelet de calembours racistes drolatiques, mais je l'ai repéré plus tôt se tenant tout sourire dans l'assistance.

L'âne surgit, entouré de deux hommes qui l'escortent en lui donnant, pour de rire, des coups de bâton mollassons dans l'arrière-train.

« D'accord… » dis-je pour moi, dépitée, en découvrant le visage de l'âne.

Son allure dégingandée m'avait déjà alertée.

« Applaudissez-le fort : l'âne blanc ! crie Dorian. Et pas de pitié ! »

Mon père. Il porte la tenue blanche d'usage : pantalon en toile, tee-shirt floqué « ESSO » et bonnet d'âne. Il avance sous les quolibets, les bourrades et les petites claques de l'assistance qui atterrissent sur son crâne et ses épaules. Il a un grand sourire d'imbécile aviné. Je le sais contrefait : mon père est moins con qu'il en a l'air mais tous l'ignorent. Pour accepter ce rôle et bien le jouer, il a dû subir des pressions. La foule s'ouvre devant lui jusqu'à la baignoire. Saisi et soulevé sans ménagement, il conserve bravement son sourire d'idiot collé au visage.

« Défroquez l'âne ! » hurle Dorian, les mains en porte-voix autour de la bouche.

La foule gronde. On lui arrache son tee-shirt. Son torse glabre, son ventre sec sont mis à nu. Son pantalon part avec. Ses jambes sont des allumettes. Certains essaient, sans succès, de lui arracher son slip bleu marine. J'ai de la pitié pour ce gars-là, ballotté comme un fétu de paille et qui regimbe au mieux de ses forces. Je ne me savais pas capable de ce sentiment pour lui.

« À la *bañha* ! À la *bañha* ! s'excitent les saisonniers.

— Jetez-le dans la merde », invective Dorian.

Miki et son père s'amusent du spectacle. Agnès, elle, assiste à la scène, le regard vide. Elle se distingue des autres, une fois de plus. Cela me donne de l'espoir.

Mon père, si fermement accroché à son slip qu'il en est risible, est jeté dans le liquide qui remplit la baignoire : lie de vin, pissat et merde d'animaux divers. L'essaim de mouches s'envole dans un nuage encore discernable à la distance à laquelle je me trouve. Le liquide éclabousse les saisonniers les plus proches. Il ruisselle en nappe le long des parois de la baignoire. Quand mon père ressort la tête de là, il m'apparaît comme un noyé en quête d'air. Une unique respiration avant qu'une main ne vienne le plonger de nouveau dans le liquide putride.

« À mort ! hurle quelqu'un.

— Coupez les couilles au *burro* ! » crie un autre.

Après quelques allers-retours, mon père surgit hors de la lie et se redresse sur ses jambes, aidé par les deux qui l'escortaient. Son slip à mi-cuisses, le pénis à l'air, il serre rageusement les poings : tout son corps est tendu de muscles. Une nouvelle fois il m'évoque un noueux cep de vigne.

« Hé *borriquito*, t'as le zguègue à l'air ! »

Sans empressement, il remet son slip en place.

« Sortez-le de là ! Et son énorme machin avec ! lance Leguet avec entrain. L'âne en a tous les attributs cette année. Belle démonstration, Yannos ! »

Le voir là, hissé sur les épaules solides d'hommes qui le portent en héros, m'est de plus en plus insupportable. Bras levés, il serre les poings tout en criant. Rage et joie salement mêlées.

« Mesdames, messieurs ! Plus qu'une nuit avant Pouyes ! Occupez-la bien ! » conclut Leguet en quittant son avant-scène de fortune, suivi par Dorian et Miki.

Agnès demeure seule un moment à contempler la foule qui s'égaye. À quoi pense-t-elle ? Pense-t-elle ? Je devine un léger sourire collé à ses lèvres : la jolie fille à papa s'amuse donc, finalement. Son regard... C'était un regard ironique et fasciné par la laideur qu'elle portait sur toute la scène.

Déjà la troupe remonte le chemin menant au Mas. Le cortège chantant porte l'âne blanc en triomphe. On honore l'outragé pour son acte d'abandon. La silhouette est ridicule, presque totalement nue, couverte de merde, de lie de vin. Un pantin violet, sans contours, répugnant. Je voudrais le frapper. Qu'il se réveille, comprenne la honte. Pour lui et pour moi.

Agnès a placé sa main en visière et regarde vers moi : elle m'a repérée et m'adresse un geste de la main. Son ironie dégueulasse a laissé place à un miroir d'émail : admirez l'éthérée petite déesse des bouseux.

Qu'elle aille se faire mettre. Je me détourne et m'engage sur le chemin de traverse saignant les vignes et menant au château d'eau.

*

Tenir l'arme en main m'a procuré une excitation fébrile. Ça m'a un peu surprise. Ce sentiment de puissance, je pensais être au-dessus de ce genre de chose, que cela ne valait que pour de pauvres garçons en quête d'une extension phallique. Mais non. La possibilité de blesser, de tuer, la jouissance de me savoir porteuse d'un tel potentiel de destruction m'ont saisie et, un bref instant, j'ai repensé à la « fusillade du Luby's ».

Le pistolet, comme je m'y étais attendue, se trouvait sous le matelas de mon père, l'originalité ne le caractérisant décidément pas. La photo de ma mère était à sa place, sur la table de nuit. J'ai chassé la poussière du verre la protégeant : une femme replète en bikini vert olive sur une plage inconnue. Pas une plage du coin.

Avant ma naissance, mes parents étaient allés en Corse. Leur voyage le plus lointain, le plus exotique. Ils en parlaient souvent.

« Et cette petite crique sans personne, tu te souviens ? Les temps heureux ! »

Il y avait un sous-entendu plus voyou qu'érotique dans les mots de mon père et ma mère rougissait.

Je n'aime pas cette photo.

Le pistolet est plus lourd que je ne l'imaginais. Sur le canon noir mat est gravé : « Beretta ». Le nom m'est familier. Tout le monde connaît mais je n'aurais jamais imaginé en tenir un dans ma main.

Où appuyer pour extraire le chargeur m'est apparu comme une évidence. Impossible de savoir s'il est plein. Mais il est lourd. Il y a au moins deux balles dedans. Je vois leur manteau doré. Le son qu'a produit le chargeur lorsque je l'ai introduit dans la crosse m'a plu. J'ai vu le visage de Dorian, sa tempe. J'ai imaginé y poser le canon de l'arme. Dorian et d'autres encore qui mériteraient tout autant. Pas pour les tuer mais pour les voir se faire dessus. Sentir l'odeur de la peur.

L'insulte est encore peinte sur le mur de la maison : en sortant, je ne l'ai pas regardée mais, du coin de l'œil, j'ai vu les traces de bran sur le mur et senti la présence de cette saloperie dans mon dos. Si ces gars aiment étaler leurs excréments, s'ils aiment humilier, alors je suis prête à faire de même. Et désormais, je suis armée.

À l'ombre des pins il ne fait pas moins chaud. Au contraire. Il n'y a pas d'air pour chasser l'entêtante odeur de sève. Elle s'échappe des arbres en une nappe épaisse et, presque palpable, remonte du tapis d'épines craquant sous chaque pas.

Après avoir parcouru quelques dizaines de mètres dans le bois, j'ai trouvé un tronc couché. Un pin moins fort que les autres qu'un coup de vent a déterré. Le mystère des racines faibles. Sur l'écorce bonne à brûler, se détachant par plaques de son hôte mort, j'ai posé une pomme de pin glanée au sol. Je me suis positionnée à une distance de dix pas, précisément, pas un de moins, et j'ai levé le cran de sûreté. Tenant fermement l'arme à deux mains, j'ai pris une grande inspiration, visé la pomme de pin, bras tendus. La pression inattendue que j'ai dû appliquer sur la gâchette pour déclencher le tir, la décharge reçue dans le bras et le son assourdissant m'ont jetée au sol. La balle, elle, s'est perdue dans les branches. Les films mentent : tirer au pistolet, ce n'est pas facile.

« D'accord. On va se rapprocher. »

Cinq pas cette fois. Je tiens compte de l'expérience du premier tir, raffermis ma prise sur l'arme, écarte un peu mes jambes pour être stable et tire. La balle se niche dans le tronc. Je suis satisfaite : le tronc, c'est déjà bien. Même en l'ayant mieux anticipé, le choc dans le bras m'a encore secouée. Un pas en avant. Je veux la décaniller, cette foutue pomme.

« Tu te défoules ? »

Je sursaute. Agnès est à côté de moi. Elle a un don pour apparaître.

« T'es conne ou quoi ! ? »

J'agite le flingue devant son nez pour lui faire comprendre que j'aurais pu lui tirer dessus. Elle pose sans trembler une main sur le canon et l'abaisse. Retirant lentement sa main, elle l'observe : la chaleur de l'arme l'a certainement surprise mais elle n'en dit rien.

« Pas l'impression que je risque grand-chose, sourit Agnès en indiquant la pomme de pin intacte sur le tronc.

— Toi, je t'aurais pas ratée. Qu'est-ce que tu fais là ? »

Agnès cherche ses mots, semble gênée. Ou bien feint-elle de l'être. Je ne sais plus quand elle est sincère et quand elle joue. Et j'en ai marre. Ça n'a jamais été facile de la saisir, mais c'est aujourd'hui devenu impossible. Elle le fait exprès, elle est rouée, elle n'est plus la fille que j'ai connue, celle qui blessait malgré elle, inconsciente de sa capacité à propager la douleur, la tristesse, le manque. Je la désire pourtant. Cela brouille tout. Son corps, les fines attaches des poignets et des chevilles. Et cette lumière.

Dans les films américains en noir et blanc d'après la guerre, Agnès serait l'une de ces blondes vénéneuses qui détruisent tout pour l'argent ou simplement parce qu'elles le peuvent. Je suis ridicule et sotte, quoi qu'en disent mes professeurs : « Vous êtes la crème de la crème. »

C'est l'histoire d'une fille ridicule amoureuse d'une fille dangereuse. C'est une histoire à la con.

La crème a tourné, assumons ça : je veux la bouche de cette fille, son corps, je la veux nue, dans une lumière crue me donnant tout loisir d'observer chaque partie de son corps, y trouver les défauts, un grain de beauté très noir, en volume, un peu de cellulite, quelques poils ayant échappé au rasoir. Je pense à tout ça. Le bois, le tronc, la sève, la pomme de pin, tout a disparu. Je suis sous la lune de cette nuit d'été, le son discret du ressac des vagues et l'odeur iodée me reviennent. J'ai, collées aux miennes, les lèvres sapides d'Agnès. Rien d'autre ne compte.

« Je voulais te dire… ton père, c'est lui qui s'est proposé. »

La lune et les étoiles disparaissent. Le temps et l'espace retrouvent leur consistance. Je ricane et serre la crosse du pistolet. Consciente de la pression nerveuse que j'exerce sur le métal, je positionne le cran de sûreté avec précaution.

« Tu voulais me voir pour me voir ou pour me dire ces conneries ?

— C'est la vérité : il s'est proposé. Mon père me l'a dit.

— Bien sûr. Sa maison est sur la terre de ton père et il bosse pour la mairie. Se faire jeter dans une auge à merde et se retrouver la bite à l'air devant cinquante jacques, c'est sûr, il a dû se proposer… Il l'a même réclamé, non ?

— Il est loyal, ton père, il respecte les traditions.

— Ah. Et qui respecte mon père ?

— Pas toi en tout cas… »

Nous demeurons silencieuses un instant.

« Ton père, il y croit vraiment, répète Agnès.

— Aux traditions ? Tu te fous de moi. Mon père ne croit en rien. Il attend que les jours passent. Bouffer, chier, sortir les poubelles, c'est ça la vie de mon père. Et picoler. T'as raison, tout compte fait, je ne le respecte pas beaucoup. »

Agnès hausse les épaules. Ça n'a aucun sens comme réaction : j'ai envie de crier autant que de l'embrasser. Ce n'est pas simple d'endurer cette fille : éprouver un sentiment de victoire à l'avoir à côté de soi et pressentir au même instant qu'elle nous échappera toujours.

« Je sais pas, conclut Agnès.

— Tu sais pas, non. Tu sais jamais rien, on dirait.

— Je sais que j'avais envie de te voir.

— Me voir… mais sans qu'on te voie, hein ? »

Je suis désagréable, je le sais, mais Agnès ne cherche pas à se défendre. Mes mots glissent sur elle. Elle s'en fout. Le pouvoir qu'elle a sur moi ne fait aucun doute. Ni pour elle ni pour moi. Un truc animal, sale et décevant. Bien réel cependant. Ça me rend dingue. La frustration sexuelle a toujours eu cet effet sur moi : me rendre agressive ou cynique. La frustration amoureuse aggrave cet état. Un long moment, Agnès ne dit rien. Elle ne cherche plus ses mots, ne plante pas ses yeux dans les miens. Elle est simplement là, occupe tout l'espace, attire la lumière, éteint les sons de la nature, les bruissements mystérieux de la forêt. Toujours ce pouvoir magique qu'elle a.

Puis elle redevient cette fille de vingt ans et m'offre quelques mots comme on lance une bouée. Ou distribue des miettes de pain.

« J'ai préparé la cuve Pouyes. Un carnage. Je pensais aller à la rivière pour me décrasser. Ça te tente ?

— De me décrasser ?

— Oui. »

La rivière. L'idée d'Agnès dans l'eau glacée. Agnès se lavant, passant ses mains sur son corps, son ventre, ses épaules carrées, ses jambes. Je rêve parfois de ces jambes, plus encore que du reste d'elle. Je ne me l'explique pas.

Et si elle m'invitait pour mieux me rejeter ? Si elle jouait ? Tant de détails et de gestes qu'elle a eus m'incitent à penser le contraire mais j'hésite, j'ai peur. Et moi, est-ce que je lui fais peur ? Elle ne l'a jamais dit, elle n'a jamais mis de mots dignes d'être considérés sur ses sentiments pour moi. En a-t-elle ou expérimente-t-elle son pouvoir de séduction sur moi comme elle le fait certainement avec d'autres ?

Je devrais être capable de feindre le désintérêt, mais j'ai fait la route et je suis là.

« D'accord. Allons-y. »

*

« La conque, tu connais la conque ? »

— Je suis née avant toi, tu sais. »

La conque du Viranque est un lieu quasi surnaturel, connu des seuls habitants de Cambaron et de quelques villages voisins. Aucun guide ne fait état de son existence, l'endroit est secret, réservé à ceux qui savent. La conque : là où vont les moins frileux pour se baigner, ceux qui aiment vraiment la rivière et espèrent la solitude. L'accès n'est pas simple et peut décourager. Pour montrer son corps musclé et bronzé, révéler un tatouage de lézard dépassant du bikini, on va ailleurs. Pour faire le beau ou le crétin, on va au pont du Diable. Pour picoler entre copains, on ne va pas jusque-là : le retour alcoolisé serait trop périlleux, un coup à se fouler la cheville. On n'y va pas pour se « décrasser » non plus. Mais pour s'embrasser au soleil, faire l'amour au grand air – les rochers parfaitement plats et lisses qui la bordent y invitent –, c'est l'endroit idéal.

Ça me désespère qu'Agnès connaisse la conque alors que nous n'y sommes jamais allées ensemble. Je m'invente les vies d'Agnès, je l'imagine ici avec Dorian, elle appréciant le spectacle merveilleux et lui qui en profite pour la caresser, glisser ses grosses pattes sous ses vêtements.

« Tu viens souvent te faire trousser ici ? »

Agnès marche devant moi d'un pas rapide, elle veut me faire voir qu'elle connaît précisément chaque coup tordu que peut réserver le chemin et qu'elle sait les éviter. Elle se retourne et je discerne un rougeoiement sur son visage. Un élan de colère ? Les mots, les pics et flèches auraient donc un effet sur elle ? Non : le jeu continue et le sourire revient. Elle est la nature sauvage avec ses griffes et ses crocs. Elle dicte les règles.

« Pas souvent, non. Parfois. Et "trousser", non, Maria. Je préfère me faire baiser. »

Agnès dit « Maria » en séparant les syllabes. C'est discret mais c'est sa manière à elle de dire mon prénom, de se l'approprier : « Ma-ri-a ».

Je ravale mon envie de l'insulter et affiche à mon tour un discret sourire.

Elle reprend sa marche, je me concentre sur le chemin anfractueux : il faut trouver sa route parmi des cailloux qui roulent, monter encore sur quelques mètres en s'aidant des mains, s'agripper à de grosses racines pour franchir le dernier obstacle, un bloc granitique blanchâtre parfaitement lisse qu'on appelle indifféremment « le pain de sucre » ou « la pierre ponce ». Sa couleur tranche avec celles de la conque : un puits naturel d'eau jade alimenté par une source phréatique provenant du Viranque. Un trou profond, ovale, pas plus grand que ces piscines qu'on trouve dans les jardins bien rectangulaires, bien tondus, à l'arrière de la plupart des maisons du coin.

La conque est bordée d'une plage naturelle de rochers crayeux parfaitement plats que le temps et des crues répétées ont polis jusqu'à les rendre soyeux.

Agnès s'est déjà débarrassée de ses sandales lorsque, après avoir franchi le pain de sucre, je la rejoins.

L'émotion face au spectacle irréel de la conque est toujours là : même si je connais le lieu, je reste émerveillée par sa beauté, le silence tranquille qui y règne. Je suis toujours venue à la conque pour le plaisir d'y être seule. C'est un lieu différent aujourd'hui : il n'existe que pour nous deux.

Je suis heureuse de voir qu'il n'y a personne et, comme si Agnès lisait dans mes pensées, elle aussi s'en réjouit.

« Personne. On est tranquilles.

— Pour se décrasser ?

— C'est ça.

— Je suis pas trop crasseuse en ce qui me concerne. »

Agnès s'approche et quelque chose se déplace en moi. Je le situe au niveau du cœur parce que c'est là qu'on situe ce genre d'émotions mais c'est plutôt ma gorge qui se noue. Ou mon estomac. Ou un organe mystérieux, un câble fibreux reliant les deux et tendu à craquer.

« Alors tu m'aideras, y a du boulot ! »

Elle rit, enfin ce rire, celui que je connais, que je sais naturel. Il faut qu'il le soit, sinon plus rien n'a de sens. Agnès est très proche. Deux ou trois pas suffiraient pour que nos corps se touchent.

« À l'eau ? m'interroge-t-elle.

— J'ai pas pris de maillot. »

Je plante mes yeux dans les siens avec la ferme intention de ne pas les lâcher. Pas de rebuffade possible.

« Moi non plus », me répond-elle et, d'un geste sûr, elle laisse glisser les bretelles de sa robe le long de ses épaules.

Le morceau de tissu tombe à ses pieds, découvrant ses seins nus, sa culotte blanche sans la moindre dentelle. Malgré moi, je prends une grande inspiration. Agnès a un piercing au téton gauche. C'est nouveau, excitant et inquiétant. Cela dit la manière dont elle s'est approprié son corps. Sa sexualité, peut-être.

Il y a Agnès dans la lumière crue du soleil de septembre, cette roche blanche partout autour, le ciel sans nuages, le son, très lointain, de l'eau qui coule. La chaleur, la transpiration. Je me tiens devant elle, sans protection.

Le ventre d'Agnès est si tendu que l'élastique de la culotte ne suit pas sa courbe. Le tissu va d'un os saillant du bassin à l'autre, crée deux dépressions autour du ventre, deux zones d'ombre. Je voudrais y glisser ma main. Il y a les plis caverneux du nombril, parfaitement dessinés, les jambes bien droites qu'Agnès a positionnées à quelques centimètres l'une de l'autre autant pour assurer sa stabilité que, me dis-je, pour révéler l'arrondi asymétrique de son sexe dans son innocente culotte.

Malgré son attitude défiante, malgré le tissu léger de la robe à ses pieds et cette manière de se tenir bien droite, je sens qu'elle n'est pas à l'aise. Elle a le visage très légèrement incliné vers l'avant et me regarde par en bas. C'est presque imperceptible mais je le note. Il n'y a ni l'alcool, ni la nuit pour se protéger. Tout est là, donné à mon regard. Agnès plie et déplie ses bras comme si elle était tentée de cacher sa poitrine et les deux ronds de métal qui brillent de chaque côté du rose téton.

Sa gêne me fait du bien. Elle dit son honnêteté, sa sincérité je l'espère. La divinité a posé les pieds sur terre. C'est tout ce que j'espérais.

Je ne peux détacher le regard de ce corps tant de fois parcouru et possédé en pensée depuis cette nuit au Grand Travers. Il y a longtemps. Un temps d'absence infini. Un temps à demi rongé par l'oubli mais soudainement ressuscité.

Agnès relève le menton et humecte ses lèvres du bout de sa langue. Ce n'est pas un geste érotique, c'est un tic enfantin, incontrôlé. Quelque chose de naïf qu'elle ne surjoue pas. Qu'elle lève un doigt et je m'effondre à ses pieds. Son corps lui donne tout pouvoir, son empire est absolu et rien ne saurait m'y soustraire. Le corps gagne, il est sans pitié.

Sur son ventre, quelques taches de vin s'agrippent au duvet blond. Je les pointe.

« T'avais raison : t'as bien mérité un plouf. Il t'en reste… »

Je fais les deux pas qui me séparent d'elle et mon doigt bien droit bute contre sa peau tendue. Mon ongle la marque d'une courbe nacarat que la pression ceint de blanc.

« … là. »

Agnès baisse les yeux et observe le doigt. Elle opine et me regarde droit dans les yeux.

« Je t'avais dit : je suis crassepouille. »

Aussi délicatement que j'en suis capable, je pose ma main sur la joue d'Agnès et l'embrasse. Le plaisir des langues qui se mêlent anéantit tout. L'air se rétracte. Je passe les premières phalanges de mes doigts dans la culotte d'Agnès. J'ai chaud, mon sang s'agite, bouillonne, afflue de tout mon corps vers mon sexe. Je veux me laisser tomber à genoux aux pieds d'Agnès, faire glisser sa culotte à mi-cuisses, saisir ses fesses dans mes mains, plonger ma langue en elle. Mais elle s'éloigne.

Ses joues sont rouges, ses sourcils plissés. Le front fiévreux, la bouche entrouverte, elle reprend son souffle et recule de plusieurs pas. Pour la première fois je remarque l'anneau à son orteil. L'avait-elle lorsque nous avons partagé des bières devant chez mon père ?

Encore quelques pas et Agnès se tient maintenant à deux mètres de moi. Le sourire enfantin qui apparaît à nouveau sur son visage me semble calculé, un sourire provocateur qui connaît son effet.

« Ça me donne envie de danser », dit Agnès.

Elle est imprévisible, elle est rare.

« Alors danse. »

Elle lève son pied droit et le place à l'équerre de son genou gauche, fait tourner ses poignets, lève les mains au-dessus de sa tête et joint la pointe des doigts. Elle reste ainsi plusieurs secondes, parfaitement stable, puis enchaîne quelques pas. Ils ont été répétés devant un miroir sans doute. Certainement pas pour moi… Et puis pourquoi pas pour moi ? J'ai le droit de croire que c'est pour moi.

Le soleil et la pierre blanche m'éblouissent : Agnès disparaît par instants. Son ombre, elle, continue de danser. Elle me frôle, passe une main sur mon visage, une caresse sans douceur : Agnès ne séduit pas cette fois, elle joue. C'est une enfant, un animal. Elle danse pour son propre bonheur.

Et, comme elle se trouve au bord de la conque, elle s'y jette soudainement et éclabousse les rochers qui sèchent presque aussitôt.

Elle nage quelques brasses sous l'eau, de grosses bulles suivent ses mouvements. La culotte blanche perd toute réalité et révèle la nue princesse. Ses cheveux iridescents acquièrent une vie propre : ils ondulent derrière elle, comme libérés de leur sujétion au crâne. Les filaments d'une méduse sans ombrelle.

Il faut se méfier des méduses, je sais ça.

Puis elle refait surface, souffle, et des embruns se détachent de ses lèvres entrouvertes. Elle rigole. Ses cheveux collés aux épaules lui appartiennent de nouveau. Elle brandit une main hors de l'eau.

« Tu viens ?

— Franchement ? Ça m'intéresse pas », je dis en secouant la tête.

Je me retourne en levant une main lasse, très théâtrale, et m'éloigne de quelques pas. Volte-face. Je m'élance sur quelques mètres, saute haut, joins mes genoux entre mes bras et déchire l'eau de la conque en y retombant en bombe. Agnès éclate de rire. Un rire spontané et puissant.

*

Nous avons nagé. Nous nous sommes tourné autour, frôlées et enfin embrassées. J'ai glissé mon genou entre les cuisses d'Agnès, accroché mes mains à ses seins, à ses fesses. Nous avons fait l'amour sur les rochers plats dans la lumière crue de l'après-midi. Longtemps, plusieurs fois certainement mais il n'y avait ni début ni fin.

J'ai fumé une cigarette. Agnès a dit quelques mots de son désir, de l'attente et de l'absence. Et qu'elle aimait le goût de tabac dans ma bouche. Elle a enfin parlé. Je l'ai remerciée pour ça. Elle a prétendu que je savais déjà tout ça, qu'elle l'avait écrit.

À nouveau nous nous sommes embrassées, caressées, prises alors que la lumière tournait à l'orangé et que les chants d'oiseaux revenaient avec la fin d'après-midi.

Agnès m'a posé des questions, sur ma vie à Lyon surtout, comme si elle cherchait à savoir si elle pouvait y avoir sa place. C'est ce que j'ai cru comprendre. J'ai ouvert la porte en grand, vanté son intelligence, « *not just a pretty face* » (un compliment de ma mère, son anglais se limitant à cette unique phrase) : elle pourrait réussir ce qu'elle voudrait à Lyon ou ailleurs, elle valait mieux que cet endroit, mieux que la vie qu'on lui réservait, mieux que ce à quoi sa « loyauté » l'enchaînait. Là-bas, en ville, les filles comme nous, personne ne les emmerde.

En disant « les filles comme nous », je craignais sa réaction mais elle n'a pas tiqué.

Je n'attendais pas de réponse de sa part, encore moins de déclaration, mais j'avais enfin dit ce pour quoi j'étais revenue : la retrouver et l'emmener avec moi.

Après, nous avons somnolé un moment. L'une contre l'autre, elle, la main posée sur mon sein où de fines lignes de sang séché rappelaient ma rixe dans les vignes avec Dorian. À un moment, Agnès a fait glisser son doigt le long des lacérations. Plusieurs allers-retours délicats. Elle n'a rien dit.

*

Un frisson me réveille. Agnès est en train de fumer et me regarde.

« Je mate ton cul », dit-elle quand elle remarque mes yeux ouverts.

De nouveau, elle rit.

« Et tu en penses quoi ? »

Du dos de la main, puis du plat, elle caresse le cul en question, sans érotisme particulier, comme si elle voulait en prendre la mesure.

« Que ça doit être confortable d'être assis sur un cul pareil. »

La béquille, bénigne, que je flanque à sa cuisse la fait rire.

Durant mon sommeil, le soleil a séché mes habits étendus bien à plat sur la pierre. Il faudrait que je me rhabille, j'ai un peu froid, mais j'aime voir les yeux d'Agnès se promener sur moi.

Mes fesses sont larges, en effet. À bien des endroits de mon corps, il y a des plis disgracieux, des surplus de chair, de la graisse. Des vergetures naissantes tracent de discrets sillons sur ma poitrine et mes hanches, mais le regard désirant d'Agnès rend tout cela beau.

« Sûr qu'avec ton cul étique tu dois pas mal morfler. »

Elle soupire en secouant la tête. Ses cheveux balaient ses épaules carrées.

« Tu parles pas beaucoup, on peut pas dire, mais t'utilises toujours des mots que je comprends pas, me reproche-t-elle. C'est quoi "étique" ? Tout à l'heure t'as dit "jacques", genre je sais ce que c'est… Mais non, j'en sais foutre rien.

— Minuscule. Ton cul minuscule. Et des jacques, c'est des paysans un peu couillons.

— Tu peux pas dire "paysans un peu couillons" alors, plutôt que je me sente conne ?

— Je peux, si. Désolée. Mes études, ça m'a un peu déformée.

— Non, t'as toujours été comme ça, à dire des mots pas possibles. J'aime bien en vrai, ça me plaît. J'ai l'impression que tu dis des formules magiques. »

Je pose une main sur le haut de sa cuisse brûlante de soleil et caresse son sexe avec mon pouce. Ses lèvres s'ouvrent et se madéfient. Elle ferme les yeux. J'arrête mon geste et suce le bout de mon pouce.

*

Le soleil est bas. Les heures ont passé. Elles ne savent faire que ça. Agnès, assise en tailleur, porte sa robe comme un short : elle a roulé la partie haute et laissé ses seins découverts.

« Je te pique une clope », dit-elle.

Je souris. Décidément, je souris beaucoup avec elle. Et elle sourit beaucoup tout le temps. Toute une palette de sourires. À Lyon, je ne me rappelle pas avoir souri très souvent, ces dernières années. Je n'ai personne à qui sourire là-bas.

« J'aimerais bien que tu restes, me dit-elle.

— Je croyais que c'était Miki qui voulait que je reste.

— T'es conne.

— C'est pas dans mon programme de rester. Mon programme c'est de t'emmener avec moi. »

Elle reste silencieuse et tire sur sa cigarette.

« Tu en dis quoi ? »

C'est maintenant que ça se joue. Le manège de l'excitation a cessé de tourner. C'est maintenant que les mots ont du sens. L'amour n'est pas qu'une affaire de sentiments ou d'harmonie. L'amour c'est partager le même espace-temps intime, se retrouver alignés au bon moment. Je suis certaine que nous vivons cela à cet instant précis.

Agnès ne dit rien. Un moment passe. Elle tire de nouveau sur sa cigarette et exhale la fumée. Puis elle secoue la tête.

« Qu'est-ce que tu veux que je te dise ? Tu me proposes ça comme ça. Je sais pas. Et si je te déçois ? Qu'est-ce que tu sais de moi ?

— Suffisamment. »

Elle tord ses lèvres : ma réponse ne lui convient pas. La fumée qu'elle souffle dessine dans l'air son agacement.

« OK. Je sais que tu ne bois pas d'alcool. Ou seulement une bière, exceptionnellement… »

Elle opine et fait glisser sa langue entre sa lèvre inférieure et ses dents.

« Oui. "Exceptionnellement" », commente-t-elle.

Nous pensons à la même chose : la nuit, la plage, la lune.

« Tu ne juges pas ceux qui boivent, même trop, c'est juste que tu préfères l'eau. Plus rarement une limonade ou un jus d'abricot. Je sais que tu n'as pas d'ambition. Ou bien que tu n'as pas encore posé le doigt sur ce qu'il te plairait vraiment de faire. Tu es intelligente, intuitive, tu réussiras quoi que tu fasses. Tu n'as pas ton permis de conduire, aussi. Tu juges ça inutile puisque tes potes l'ont.

— Ça c'est carrément vrai, opine-t-elle.

— Et pas le reste ? »

Elle pose sa tête sur mon ventre. Je sépare une mèche de la masse de ses cheveux et joue avec.

« Continue.

— Le repas que tu préfères c'est le goûter. Les tartines au Nutella. Tu manges autant que tu veux sans jamais grossir.

— C'est pas vrai. Je fais gaffe en vérité.

— Mouais… Tu fais des mélanges de parfums de glace invraisemblables aussi…

— Du genre ? »

Je devine à un léger infléchissement de sa voix qu'elle sourit même si je ne la vois pas : nous regardons le ciel.

« Du genre chocolat-passion, menthe-rhum raisin. Des trucs aberrants. Tu gagnes presque toujours aux fléchettes parce que tu sais te concentrer, faire abstraction de ce qui se passe autour. Tu aimes marcher pieds nus, même sur les graviers. Tu te laves les cheveux trois fois par semaine et tu y passes des heures. Tu ne portes pas de parfum mais des eaux. Guerlain a ta préférence. Tu ne mets jamais de protège-slips… »

Elle est sincèrement surprise que je sache tout ça.

« Mais quand est-ce que je t'ai dit tout ça ?

— Dit ou montré. J'en sais rien. Pas un jour en particulier. Un peu par-ci, un peu par-là.

— Tu notes sur un carnet ou quoi ?

— J'ai juste une bonne mémoire. Je poursuis, Votre Honneur ? »

Elle murmure « oui ».

« Tu ne lis pas beaucoup mais tu adores Camus. Et les polars. *Picsou Magazine* aussi. Tu dis que c'est parce que ça te rappelle ton enfance. Mais c'était hier, ton enfance. »

Elle ne dit rien mais m'invite à poursuivre en faisant pivoter son visage vers moi.

« L'école, c'était pas ton truc, tu as arrêté en fin de seconde. Tu as eu le courage de dire "c'est pas pour moi, je m'emmerde" alors que tu avais de bons résultats. Je crois que tu as des pouvoirs magiques et tu es douée pour plein de choses, c'est bluffant. Mais exploiter tes dons t'ennuie. Ton père ne te pousse pas beaucoup, d'ailleurs. Parce qu'il a des plans pour toi.

— Quel genre de plans ?

— Reprendre le chai, monter une chambre d'hôte un peu luxe, faire entrer le Mas de Tourenque dans le XXIe siècle. Tu es tenue par une forme de loyauté. Peut-être parce que ton père est seul. Je veux dire veuf. Alors tu te conformes à ses attentes. »

J'hésite à aller plus loin mais c'est le moment de tout dire.

« Tu n'as plus ta mère, comme moi. Et tu n'en parles jamais, comme moi. Peut-être un jour… »

Elle embrasse un coin de ma peau en dessous de ma poitrine, tourne de nouveau son regard vers le ciel et n'ajoute rien.

« Tu aimes la plage mais la mer te fait peur.

— Les vagues.

— Les vagues te font peur. Tu n'as jamais voyagé plus loin que l'Espagne mais tu aimerais. Encore un point commun avec moi. Tu ne te souviens jamais de tes rêves et tu dors avec des chaussettes. Ça, ça me dépasse ! »

Elle émet un murmure amusé.

« Je connais ton odeur quand tu as transpiré et elle me plaît. Tu te rases le pubis mais tu t'épiles les aisselles. »

Réflexe charmant, elle lève son bras, bascule sa tête et jette un coup d'œil à ladite aisselle.

« Tu chantes terriblement faux. Tu es fan de Céline Dion et tu penses que Jean-Jacques Goldman est le "plus grand artiste de tous les temps".

— C'est un fait.

— Tu t'intéresses pas tellement à la peinture mais tu aimes Monet et Renoir.

— Courbet aussi. Y en a au musée Fabre.

— Oui, les impressionnistes en général. Tu aimes le théâtre et voudrais aller à l'opéra. Tu trouves que parler de l'avenir rend les gens ennuyeux. Tu es drôle aussi. Tu sais que tu es belle mais tu n'en tires pas de gloire. Tu te caches souvent derrière ton sourire et tes millions de dents toutes blanches. Je continue ?

— Non. »

Elle se redresse, me regarde, allume une autre cigarette. Elle scrute l'eau profonde de la conque. Comme si elle allait lui révéler quelque chose d'important.

« Et donc cette nana un peu feignasse, qui se cache, qui connaît si peu, qui est suffisamment conne pour être loyale et n'a jamais fait grand-chose, elle te plaît ?

— Oui, elle me plaît. Beaucoup. Et, tu sais, j'ai pas fait beaucoup plus. J'ai beaucoup lu, c'est tout. J'ai trop lu. Tu pourrais faire tellement mieux que ce à quoi ton père te destine. Même s'il prétend que c'est très ambitieux. Il est malin, ton père. Il a vu ton potentiel. Mais ensemble on pourrait faire des choses chouettes. Des choses plus grandes. Si ça te branche. »

Un bruit dans les buissons, à quelques mètres, attire notre attention. Nous nous taisons et observons. À nouveau le même bruit, celui d'un animal de jour, le genre à deux pattes qui se balade parfois avec un fusil.

« Qui va là ? » dis-je et Agnès éclate d'un rire spontané qui fait immédiatement oublier tout le reste, fusil ou pas.

« Sans déconner ? "*Qui va là ?*" "Manan, passez votre chemin de fortune, menez vos savates en d'autres contrées", renchérit-elle en agitant une épée invisible devant elle.

— Désolé, je sais pas d'où c'est sorti. J'ai cent ans, hein ?

— Cent ans ? Mille ans tu veux dire ! T'es une putain d'Highlander. Maria MacLeod du clan des MacLeod. La gitane écossaise ! »

On se marre et c'est bon. La main d'Agnès se pose sur ma joue, elle se penche vers moi et m'embrasse. Le goût de sa bouche. La nicotine, quelque chose de sucré. Autre chose encore. Elle m'embrasse de nouveau, aspire ma lèvre inférieure, trouve ma langue. Puis elle s'écarte de quelques centimètres pour me scruter.

« J'aime sentir ton souffle sur mes yeux, dis-je.

— Tu parles bien », apprécie-t-elle en se redressant.

Elle porte sa cigarette à ses lèvres et s'amuse à faire des ronds de fumée. Du revers de la main, elle dissout le dernier cercle sorti de sa bouche, tourne son visage vers moi et me regarde. Ses yeux brillent soudainement. Je crois que c'est de la colère, de la tristesse, je crois qu'elle va partir. Mais c'est tout autre chose.

« Ça me branche bien, oui », dit-elle d'un ton doux et désinvolte n'appartenant qu'à elle.

Mon cœur tressaille sous mes côtes.

« De venir avec moi ? »

Elle opine. Je ne sais plus quoi dire.

« T'as un clic-clac pour moi à Lyon ?

— Oui mais y a une intello névrosée et bourrée d'acné dedans. Ma coloc.

— Merde.

— Oui, je sais. Je peux la dégager si tu veux.

— Tu plaisantes ? Elle a l'air… sympa.

— Alors on te trouvera un autre endroit où dormir.

— La baignoire ?

— J'ai une douche.

— Faut vraiment qu'on trouve une autre idée alors. »

Agnès se lève tout à coup et remet en place sa robe dans un même mouvement. Elle la défroisse en faisant glisser ses mains sur le tissu.

« Bon allez, assez parlé, tu viens avec moi au bal de l'Échelle tout à l'heure ? »

Je m'assieds.

« Les gens vont nous voir traîner ensemble, tu sais ? »

Est-ce qu'enfin ses digues auraient sauté ?

« J'ai pas envie de "traîner" et… je suis assez grande maintenant pour… Bref, évite juste de coller ta langue dans ma bouche devant tout le monde.

— Ça pourrait choquer.

— Oui.

— Les filles, ça couche avec les garçons.

— Voilà. »

Elle semble s'impatienter et étire ses bras loin devant elle. Je n'en reviens pas de me dire que cette femme-là, qui incarne ce que je ne suis pas, envisage de tout plaquer pour moi. Elle a peu de choses à plaquer si je fais le compte, mais les chaînes qui la retiennent sont solides.

Elle s'accroupit, s'empare de mes vêtements et me les tend.

« Dis, tu comptes pas m'accompagner à poil ? »

*

C'est un chemin sorti d'un conte de fées. Je ne le connaissais pas. Ce conte-là n'est pas le mien.

Il faut pénétrer dans la pinède à l'arrière du Mas de Tourenque, parcourir une centaine de mètres, passer un talus de terre ocre sablonneuse. On bute sur une clôture et un portail. Le chemin sur lequel il ouvre est étroit : épaule à épaule, on n'y passe pas à deux. Il est bordé de lauriers-roses et d'eleagnus qui semblent être tombés là par hasard alors qu'à n'en pas douter le jardinier des Leguet doit s'en occuper avec attention. C'est très bien fait, ça n'en donne pas l'air. Agnès m'embrasse en ouvrant le portail avec une clé.

Je la saisis par la main et la ramène brusquement vers moi. Cette fois c'est moi qui l'embrasse, glisse ma main sous sa jupe, caresse sa culotte, la sens s'humidifier si bien qu'un courant chaud parcourt ma nuque.

« Arrête, murmure-t-elle sans se défaire de mon emprise. Arrête, tu vas me faire jouir.

— Encore ? » lui dis-je à l'oreille en écartant la culotte vers sa cuisse.

Mes doigts pénètrent son sexe tandis que mon pouce agace son clitoris. De mon autre main, je pétris ses minuscules fesses. J'aimerais la décoller du sol. Elle s'accroche à moi. Comme pour éviter de tomber. Elle respire fort, de plus en plus vite, s'agrippe à mon tee-shirt et jouit en poussant un petit râle qu'elle étouffe dans ma chevelure.

Un pas en arrière, les yeux fiévreux, le souffle court, elle réajuste sa culotte.

« Comment tu fais ça ? J'ai joui plus vite qu'un mec ! »

Si j'en juge par le ton de sa voix, ça l'agace presque.

« C'est pas moi qui fais. On fait. »

Elle opine, me serre contre elle et me garde un moment. L'odeur de ses cheveux, leur douceur contre mon visage. Agnès s'écarte et m'adresse un sourire simple et heureux.

« J'y vais. On se retrouve à la salle des fêtes ?

— On n'arrive pas ensemble ? » dis-je en fronçant les sourcils plus que je ne l'aurais souhaité.

Mais j'ai décidé de ne plus trop faire attention. Cartes sur table.

« Si. On se rejoint devant et on entre ensemble. Vingt et une heures, c'est bien pour toi, Maria ? »

Elle ne prononce pas souvent mon prénom mais j'aime comme elle le fait. J'opine. Elle franchit le portail puis se retourne.

« Ça veut dire quoi "le don des nues" ? Dans la chanson de Noir Dèz, ça veut dire quoi ? »

C'est inattendu. Je ris.

« J'en sais foutre rien. »

Elle réfléchit un instant, comme si c'était tout à coup très important, puis renonce. Elle hausse les épaules et ferme le portail à clé avant de relever des yeux d'enfant vers moi.

« Tu sais, pour les voyages...

— Oui ?

— Je rêve d'aller à Venise.

— Alors on ira. »

Agnès apprécie ma réponse et s'éloigne. Je ne la lâche pas des yeux avant qu'elle ait disparu. Cette fille est à moi, tout est possible. Je ne croyais pas mériter ce bonheur-là.

C'est l'histoire très simple de deux femmes qui s'aiment. Deux femmes qui ont douté des détails, jamais du don des nues.

*

Mon père n'est pas à la maison. « La maison », ce galetas… Trouver comment m'habiller me demande un certain temps. Agnès sera belle, elle ne sait pas être autrement. Je voudrais la connaître au réveil, une mauvaise nuit cernant ses yeux, les cheveux en pagaille, son corps mou, son haleine, le besoin pressant d'aller faire pipi l'arrachant des draps qui ont inscrit sur son corps des lignes rosacées.

Parmi les affaires que j'ai laissées ici quand je suis partie, je trouve une jupe noire légère, une chemise vert bronze et des Doc Martens qui ont la même couleur. Plus ou moins. Ça fera l'affaire. Je mets des bracelets et des boucles d'oreilles dorées à mes lobes. Voilà, c'est clair : je cherche à donner une bonne image. C'est décevant mais ça ne me dérange pas tant.

Elle est étonnante, la silhouette que je découvre dans le miroir. J'ai sacrifié la goudou et me trouve face à une jeune femme jolie et passe-partout. Ça ira : je sais qui je suis. J'ai acquis la certitude de qui je suis, ici et maintenant, la seule réalité qui compte : une fille amoureuse. C'est donc ça l'histoire, plus besoin de chercher.

C'est l'histoire d'une fille amoureuse. Comme une adolescente.

*

20 h 55. Pas l'intention de poireauter seule devant la salle des fêtes en attendant Agnès. J'ai garé ma moto à l'écart des festivités de l'Échelle. Seulement, même à l'écart, on n'est jamais très loin des autres ici.

Les fenêtres de la plupart des maisons sont aveuglées par des sacs poubelle coincés entre les huisseries et les chambranles. Des commerçants s'agitent pour protéger leurs vitrines : les panneaux de contreplaqué, remisés dans les arrière-boutiques depuis l'année dernière, refont leur apparition. Ils sont fixés à l'aide de chevillons. Ici, tous les commerces ont, percés dans leurs murs, des trous stratégiquement positionnés pour y visser ces chevillons. Les sacs et les planches protégeront des dégradations sans lesquelles Pouyes ne serait pas le carnaval sauvage.

Je ne mets pas de cadenas à ma moto et pose mon casque sur le guidon : personne ne le volera. Même saouls au dernier degré, s'il y a une chose que respectent les gens ici, les vieux et les jeunes, ce sont les véhicules. Planter quelqu'un dans le bide, pourquoi pas, mais lui voler sa moto, ça jamais. Je pense à ça en marchant vers la salle des fêtes, vers Agnès. Vers la possibilité d'une soirée qui changerait les choses.

C'est l'heure mauve. Malgré le soleil déjà couché, le jour joue les prolongations. Sous un ciel de cinéma, des hommes de tous âges, on les appelle « les servants » dans la tradition Pouyes, sont en train d'installer des auges en métal sur les deux places du village et aux croisements de quelques rues attenantes. Ils sont une dizaine à s'affairer sur l'Esplanade du Viranque desservie par la rue que j'ai empruntée. Demain, aux aurores, la « cuvée Pouyes » de l'année sera livrée par des tracteurs dans de grandes barriques à vin posées sur leurs remorques. Les auges seront remplies : lie de vin, crottin de cheval, bouse de vache et quelques litres de pissat pour lier le tout. On y aura aussi jeté des cadavres de chiens, chats et lapins en décomposition. Des corps que l'on conserve ici comme de précieux trophées, pour peu qu'on ait eu l'occasion d'en percuter sur la route. En ce moment même, d'autres servants sont en train de préparer la cuvée. Ils portent des bandanas autour de leur nez et de leur bouche pour se préserver des émanations d'alcool.

La cuvée est toujours préparée la veille. Depuis de nombreuses années, elle est conservée toute la nuit dans la Grange Pouyes du Mas de Tourenque. Avant, c'était chez Griboul. Avant encore, chez Travier. Avant, je ne sais pas. C'est une des seules tâches qu'ont le droit d'accomplir les femmes. J'y ai déjà participé, entraînée par Fanny.

Pour le reste, c'est une histoire d'hommes. Les femmes ont le droit de s'habiller en blanc, de courir, de recevoir des coups, de se faire peloter, passer à la comporte et de sourire. Les dents pleines de merde, les cheveux collés par l'ignoble mixture. Aux hommes, le reste. Leurs seize ans révolus, ils peuvent être Pouyes. Rares sont ceux qui sautent leur tour. Ici, c'est un rite de passage. C'est plus important que de perdre son pucelage, c'est plus important que d'obtenir son brevet des collèges. C'est plus important que tout. Pouyes un jour, Pouyes pour la vie.

J'ai couru moi aussi. Cinq années d'affilée, et toujours avec la même euphorie. J'ai joué mon rôle de femme victime, tiraillée entre peur et excitation. Ça me plaisait, l'adrénaline, l'énergie collective incroyable, le sentiment profond de faire quelque chose d'étrange, de sale et de jouissif, de participer à une tradition unique. Le danger également : les accidents sont vite arrivés, le sang n'est jamais loin sous les peaux tendues. On n'en parle pas mais on sait : il y a eu des morts, pas tout à fait accidentels, il y a quelques décennies. C'est bien pratique le masque, la barbe postiche. Régler ses comptes dans l'anonymat le plus complet.

Je pourrais aujourd'hui encore y prendre du plaisir, je crois. Mais celles qui portent la tenue blanche, le foulard rouge, n'ont le droit que de courir, de tenter d'éviter les Pouyes. Comme les raseteurs les vachettes camarguaises. Une fois capturées, elles doivent se laisser faire. On se débat, on gesticule un peu mais on ne donne pas de coups. C'est carnaval !

Des coups, j'ai envie d'en donner. Pour ces lettres grossièrement badigeonnées à la merde sur la baraque de mon père, pour l'âne blanc, pour la langue dégueulasse de Dorian tendue vers ma poitrine nue, pour montrer à Agnès ce qu'une femme peut faire, ce que je peux faire, combien elle a raison de m'aimer et comme je peux la protéger. Pour autant, je m'abstiendrai de « sortir », je resterai gentiment chez mon père, un bouquin avec moi : ce que je suis venue chercher, je l'ai déjà trouvé.

L'Esplanade est décorée de guirlandes guinguette aux ampoules multicolores. Tirées de platane en platane, elles donnent de belles couleurs à la nuit tombante. Il y a aussi des lumignons accrochés aux branches les plus basses. Des villageois vont et viennent, un verre ou une cigarette à la main. Il y a des rires, nombreux, provenant de la salle des fêtes qui donne sur la place. Les grandes portes coulissantes sont ouvertes et il n'y a plus réellement de limite entre le dedans et le dehors, entre ceux attablés à l'intérieur et les groupes assis à l'extérieur sur des bancs ou à même le sol.

Pour peu qu'on ne connaisse pas l'endroit, cela ressemble à une soirée idéale et bon enfant dans un charmant petit village. Et c'est d'ailleurs ce que c'est. On peut passer par là, apprécier le moment, discuter avec ces sympathiques villageois et repartir dans sa voiture vers la ville sans avoir rien compris. On racontera que, par hasard, on est tombé sur une aimable fête votive, que les enfants ont joué avec les pitchounes du coin, qu'on nous a même servi un verre de carthagène, l'alcool local liquoreux à l'extrême : c'est à peine buvable mais, ma foi, quand c'est offert avec le cœur et partagé en bonne compagnie…

L'Échelle pourtant arrivera, plus tard, après minuit, et alors, si on était resté, on aurait vu de quoi il retourne vraiment. La mise en bouche avant l'orgie saturnale. Celle qui a lieu ici même et dans les ruelles alentour le lendemain. Celle pour laquelle on ferme l'accès au village et on plante au beau milieu des trois routes y conduisant les panneaux « village fermé, à vos risques et périls ». La gendarmerie veille sur les panneaux. Pas sur ceux qui les franchissent.

Agnès est là. Seule, près de la porte d'entrée de la salle des fêtes. L'ouverture d'une dizaine de mètres est flanquée de part et d'autre de deux mannequins, les « Poupettes ». L'un représente les Pouyes, l'autre les Blanches.

L'histoire est vieille de plus de six cents ans : une rivalité entre les habitants de Cambaron et ceux du village voisin, un raid, une bastonnade d'anthologie et, depuis, on fête tous les ans la victoire de nos fiers comtadins qui s'étaient déguisés en bêtes pour effrayer les crétins d'en face. Je crois que depuis l'origine il est aussi question de l'homme contre la femme.

Après le carnaval, les deux Poupettes, nommées Amafat et Renaude, seront brûlées sur la place centrale.

Cela marquera la fin des festivités.

Des groupes entrent et sortent de la salle des fêtes. Tous saluent Agnès qui se tient à côté de l'entrée. Leguet est un type important, sa fille l'est donc aussi.

Elle regarde autour d'elle. Jupe blanche, chemise à carreaux nouée au-dessus du nombril, son ventre tendu visible par tous. Elle a mis du rouge à lèvres. Je me surprends à trouver ça joli, surtout parce que je me dis qu'elle l'a fait pour moi. Peut-être. Elle porte des talons, aussi. Son regard passe à ma hauteur, nos yeux se croisent, mais elle ne me voit pas. Et puis, l'information qui a marqué sa rétine circule jusqu'à son cerveau, et son regard fait le chemin inverse pour se poser sur moi. Son visage s'éclaire et, je veux le croire, traduit sa surprise, peut-être même sa joie. Elle ne m'a jamais vue en jupe, ni même apprêtée. Ce qu'elle voit lui plaît. Cela me donne la confiance nécessaire pour traverser la place sous le regard de quelques parents qui me reconnaissent.

« T'es… wahou… souffle Agnès quand j'arrive à sa hauteur.

— Merci, je réponds modestement.

— Je t'imaginais pas en jupe. T'es… wahou !

— Tu l'as déjà dit.

— Oui mais là, j'ai mis un point d'exclamation. »

J'aime sa repartie, c'est pour moi une preuve de plus de notre compatibilité, une preuve de plus qu'elle est pour moi.

« On y va ? Miki et mon père nous ont gardé des places.

— Tu leur as dit que je venais avec toi ? »

Elle opine. Tout à coup, je ne me sens plus vraiment à mon aise.

« Ton père, il a dit quoi ?
— Rien. Miki était content, par contre.
— Il a pas compris ?
— Compris quoi ? me demande-t-elle innocemment.
— Pour toi et moi, nous.
— Ah ça… »

La manière qu'elle a eue de dire « ça », comme si c'était anecdotique alors que j'investis ce moment de peurs et d'espoirs, me blesse.

Et si c'était l'histoire d'une fille toute seule depuis trop longtemps et qui se fait des idées ?

« Oui, "ça".
— Je crois que ça passe au-dessus de ce qu'il est capable d'imaginer. Et j'ai pas envie de le rendre triste.
— Donc ?
— Donc nous sommes deux bonnes amies passant une bonne soirée ensemble. »

Une ombre noire a glissé sur mes yeux. Agnès l'a vue. Elle pose une main sur mon avant-bras.

« Toi et moi on sait, c'est ça qui compte, non ? »

Elle ne me convainc pas mais je décide d'avancer et de voir ce qui se passera. Mes jambes le font d'ailleurs avant moi : nous entrons en scène sans même que je m'en rende compte.

Il m'avait semblé qu'on pouvait saisir, depuis l'extérieur, l'ambiance de la salle des fêtes, les grandes portes de hangar étant entièrement ouvertes. J'oubliais les odeurs. Un mélange de transpiration et de parfums aspergés à grandes eaux, quelques heures plus tôt, dans l'intimité des salles de bains : on se fait beau pour le bal de l'Échelle. L'odeur aussi de la demi-douzaine de moutons au méchoui qui tournent au-dessus de la braise à l'arrière de la salle. Empalés par la bouche et le siège. La fumée a infiltré la salle et trouvé son chemin jusqu'au plafond. Elle y stagne. Je connais bien ces odeurs, les sons aussi : tous les ans c'est la même chose.

Des membres du Comité des fêtes font des allers-retours entre le méchoui et l'intérieur de la salle. Sur des plateaux de cantine en inox, ils apportent aux convives des morceaux de viande rôtie, méthodiquement dépecés à même la bête. Ils sont invariablement accueillis avec des applaudissements et quelques mots choisis.

« Fach de con, elle est belle celle-là ! Du cuissot de coquine.

— Et t'as pas encore goûté son croupion ! »

Tout le monde rigole, l'alcool favorisant les saillies égrillardes.

Trois cents villageois, peut-être plus, sont réunis dans la salle autour de tables disposées en U devant une scène où la fanfare s'échauffe pour la journée de demain.

La *banda* joue des versions instrumentales de musiques qu'ils pensent à la mode. Nous sommes entrées, Agnès et moi, au son de *Independent Women* des Destiny's Child. Ça m'a amusée. Les musiciens, des barbons fatigués, s'assoient entre chaque morceau. S'ils ne jouent pas déjà avachis sur un tabouret. Ils lèvent en revanche le coude aussi souvent que possible. Les morceaux de fin de soirée ne ressembleront pas vraiment à de la musique. On le sait.

J'ai assisté à mon premier bal de l'Échelle à sept ans. Quinze ans plus tard, les mêmes hommes composent la fanfare. Rien ne change.

Les éclats de voix, les rires, l'ambiance joyeuse sont alimentés par les cubis qu'on remplace aussitôt asséchés : la mairie est généreuse, qu'il soit entendu qu'on ne manquera pas de vin. Un litre par personne, c'est ce qui est prévu « a minima ». On en renverse beaucoup sur les nappes en papier, déjà largement tachées par la graisse de viande. À vingt et une heures, ça n'a pas tardé, des adolescents pré-comateux cuvent déjà, la bave aux lèvres, les paupières tremblantes, assis à même le sol, adossés au mur de la salle. Ça ne choque personne, c'est l'esprit de la fête.

Nous nous avançons vers une table d'angle. Miki y est assis. Son père lui fait face. Ils discutent avec des voisins et des personnes debout ou accroupies devant les chaises, ce genre de convives qui désertent dès les premières minutes leur place attribuée pour se balader de table en table, un verre à la main.

Agnès a dit vrai : il y a bien deux chaises vides à côté de Miki, en face de son père. Son frère se lève par réflexe lorsqu'il nous aperçoit et fait un pas vers moi.

« Maria, trop cool ! T'as une place là », se réjouit-il en montrant la chaise à côté de la sienne.

Leguet enchaîne, tout aussi satisfait de me voir, semble-t-il, que son fils.

« Maria, assieds-toi. On est heureux que tu sois là. Ce chemisier te va très bien. Tu me rappelles ta mère. »

Je ne sais pas qui est ce « on » heureux que je sois là, je sais que Leguet est un flagorneur entraîné mais je remercie poliment et m'installe. Agnès s'assied à côté de moi devant une assiette de viande.

« Jolie brochette ! apprécie Leguet en couvrant d'un geste de la main Miki, Agnès et moi. Ricky ! lance-t-il à l'attention d'un type portant un gros appareil photo en bandoulière, chope-moi ces jeunes. »

Le Ricky en question s'approche avec empressement, heureux qu'on fasse appel à ses services, se place à côté de Leguet et lève son Nikon. Dans un même mouvement, Agnès et Miki se penchent vers moi et passent leur bras autour de mes épaules. Nous prenons la pose le temps du cliché. Ricky tourne le numérique vers nous, aussi heureux de nous montrer la photo que la technologie de pointe qu'il tient entre les mains. La photo est réussie : nous sommes beaux et bronzés. On pourrait croire que Miki et Agnès entourent leur cousine un peu plus « typée », exotique, venue d'Espagne pour quelques jours de vacances. Leguet demande à voir et apprécie à son tour le cliché.

« Vous êtes magnifiques, les gamins !

— Les photos seront disponibles à la mairie dès le 21, explique Ricky. Mardi.

— J'y serai à la première heure, commente Leguet très enjoué. Cette photo, Miki sera heureux de l'avoir dans sa chambre. Hein, Miki ? »

Miki est gêné, le rouge lui monte aux joues. Agnès fait les gros yeux à son père qui se sent obligé de préciser.

« Miki a plein de photos sur les murs de sa chambre… une de plus avec sa sœur et une amie, c'est chouette. Miki, c'est chouette, hein ? »

Le brave Miki s'est recomposé un visage et approuve d'un hochement de tête. Il est gêné, je tente de l'aider un peu.

« Je passerai aussi en prendre un exemplaire. Ça me fera un beau souvenir.

— Je veux la mienne, moi aussi », surenchérit Agnès.

Plein, pour sa sœur et moi, d'une reconnaissance que seuls ses yeux disent, le soldat amouraché se relève dignement, après avoir été foulé par les gros sabots paternels.

Il est chouette ce petit gars mais il est mal tombé. Si je tire Agnès d'ici, peut-être que Miki suivra.

« Quatre jours parmi nous, Maria, et deux fois la prime, s'enthousiasme Leguet. Tu n'as pas perdu ton coup d'épinette. Toujours aussi efficace ! »

Bien élevée, je remercie Leguet pour le compliment.

« Un truc de dingue, elle va tellement vite qu'on voit plus l'épinette, ajoute Miki en portant un verre de vin à ses lèvres.

— Hé pochtron, n'abuse pas trop !

— Ça va papa, c'est le deuxième. Tu ferais mieux d'engueuler Agnès qui s'empiffre comme une grosse. »

Agnès, qui portait une fourchette de mouton à sa bouche, interrompt son geste et se fige de manière théâtrale, la bouche ouverte, faisant rouler ses yeux écarquillés de droite à gauche. Une bonne imitation de l'enfant surpris en train de faire une bêtise. Nous rions tous et Agnès finit son geste.

« Je mange autant que je veux, je grossis pas, dit-elle la bouche pleine, en me lançant un regard que moi seule peut comprendre.

— Mouais. Je disais pareil et regarde cette bedaine qui me pousse, dit son père en indiquant un bourrelet, pas bien épais, au-dessus de sa ceinture.

— Vous avez encore un peu de marge », je fais remarquer.

Cet élan de flagornerie me surprend. Notre badinage ordinaire crée chez moi un discret sentiment de bonheur. Ou tout au moins de confort : nous ne parlons de rien mais nous le faisons dans la bonne humeur. Cette impression d'être à nouveau chez moi a infusé sans que je m'en rende compte. Je tends mon verre à Miki.

« Rouge ou rosé ? me demande-t-il.

— Le rosé est frais ?

— Certainement, commente Leguet. Le maire a bien l'intention d'être réélu. »

À nouveau, nous rions. Leguet ne manque pas d'humour, j'ignorais ça. Je respecte les gens drôles plus que les gens intelligents. Je comprends d'où Agnès tient sa repartie.

« Rosé alors. Et, sans vouloir te priver, Agnès, je prendrais un morceau de viande avant que tu aies tout mangé. »

Agnès lève le majeur vers moi. Elle fait glisser le plat dans ma direction.

« J'ai moins de pot que toi : ce que je mange reste là, dis-je en tapant d'une main sur ma hanche.

— Pas du tout », me reprend immédiatement Miki.

Il est sincère, je sais qu'il me trouve belle.

« C'est gentil Miki mais, je te promets, on n'est pas tous égaux devant la nature. »

Miki s'apprête à me répondre mais son père, le regard attiré vers la scène, lève une main pour l'interrompre. Là, les musiciens achèvent une adaptation courageuse et ratée de Stevie Wonder. Le batteur agite ses balais sur la caisse claire tandis que les autres musiciens se mettent en retrait et que le maire, un septuagénaire rougeaud et gras, se présente devant ses administrés, cocarde tricolore badgée sur sa veste corduroy qui lui tient certainement horriblement chaud. Toute l'assemblée l'applaudit. Certains revendiquent à haute voix leur familiarité avec l'édile.

« Oh Didier, t'as sorti la belle veste !

— Allez, qu'est-ce que tu vas nous vendre comme nouvel impôt cette fois-ci ! ? »

Quelques rires accompagnent les bons mots et une tablée lance la ritournelle de circonstance « *Il est vraiment, il est vraiment, il est vraiment phé-no-mé-nal, lalalalala ! Il mériterait, il mériterait...* ».

Le maire remercie en plaçant ses mains jointes devant lui puis en les levant pour appeler au calme.

« Mes chers administrés et néanmoins amis.

— “Amis, amis”, ça dépendra des taxes, crie une voix qu’accueillent de nouveaux rires.

— Hé oh, si vous payez des taxes, c’est que vous êtes en vie et ça, on peut tous s’en réjouir », rétorque le maire, conforté à son tour par des applaudissements.

Je n’avais jamais pris conscience de la vigueur de sa voix et de la force de son accent. Il a pourtant été mon maître trois années de suite à la communale. Ai-je l’accent, moi aussi ? On ne me l’a jamais fait remarquer, pas même à Lyon où l’on se délecte de ce genre de signes.

Le maire poursuit. Chacun de ses bons mots est salué par des rires.

« Mon discours sera court. Nous avons quelques godets à écluser et j’ai la gorge sèche. D’abord, je remercie notre fanfare, fidèle au poste depuis la nuit des temps : Jo, André, Babou, P’tit Paul, Georges. Merci les bonshommes ! »

Les musiciens sont applaudis et gratifient l’assemblée d’un humble geste de main. Ils viennent de recevoir l’aumône qui les fera revenir l’année prochaine, à moins que la mort n’en fauche quelques-uns d’ici là. Ce qui n’est pas improbable.

« Merci aussi au comité d'organisation qui fait du *Baleti de l'Escala* une glorieuse réussite comme tous les ans ! »

« Glorieuse réussite »... N'ayons pas peur des mots.

« Vous savez que cette fête est l'occasion de clôturer, ou presque, les vendanges. Je vois d'ailleurs parmi vous nos plus valeureux vignerons...

— Et vigneronnes ! coupe une voix de femme.

— "Et vigneronnes", Mathilde, j'allais le dire. Je vous invite à les saluer : Mathilde donc, Tiffany, Jacques, Roger, Pierrot et bien sûr Éric ! Mes amis, levez-vous, qu'on vous rende grâce ! »

Leguet se lève, imité par la poignée d'hommes et de femmes cités. L'assemblée les applaudit avec ferveur et beaucoup crient leurs prénoms.

« Je peux vous dire que cette année les vendanges ont été bonnes, enchaîne le maire, salué par des cris de joie. Ce réchauffement climatique dont certains oiseaux de mauvais augure parlent, entre nous, je vais vous dire, c'est une aubaine : la vigne l'aime, ce grand drame. »

Beaucoup rient, l'ébriété aidant, mais je dois reconnaître au maire une certaine aisance verbale.

« Assez causé, je vous laisse à votre festin. Une dernière chose quand même... »

Le maire se tait, ménageant son effet. Même dans un petit village, les politiques maîtrisent ce genre de suspens.

« ... demain c'est Pouyes et on nous annonce une pluie de foutraques ! »

L'assemblée explose de joie. Des cris de bêtes, entre aboiements de chien et hurlements de loup, jaillissent de toutes parts.

« Et gare à l'Échelle, conclut le maire en guise de fin de discours. Gare à l'Échelle ! »

Le brouhaha redouble, on trinque à toutes les tables. Le carnaval s'annonce.

Miki se retourne vers moi, ses yeux brillent et son sourire, plus grand encore que d'habitude, semble littéralement couper en deux son visage d'une oreille à l'autre. Le discours du maire a fait son effet : comme le reste de l'assemblée, il jubile d'excitation. Moi-même, je me sens entraînée vers quelque chose de visqueux que je n'aime pas mais contre lequel je serais incapable de lutter. Miki applaudit vigoureusement et se tourne vers la fanfare qui entame un chant régional connu de tous. Agnès pose une main sur mon épaule et colle ses lèvres à mon oreille.

« Je crois qu'il en pince vraiment pour toi.

— On dort ensemble ce soir ? » je lui réponds.

Agnès rougit. C'est rare.

Miki capte mon attention, lève un paquet de cigarettes à hauteur de ses yeux et l'agite. J'opine.

Le filtre coincé entre le pouce et l'index, la tige dissimulée par la paume de la main, Miki tire sur sa cigarette à la façon d'un mec cool. Il a dû voir James Dean faire comme ça. Ou plus sûrement le héros d'une série à la mode.

Quand il m'a proposé de sortir fumer, l'idée m'a plu : échapper à cette touffeur, prendre un peu d'air ! Nous avons emporté nos verres de vin et une bouteille à moitié entamée, laissant le bruit, l'odeur de méchoui et l'épais nuage de fumée à l'intérieur.

Dehors, l'air est en réalité à peine plus respirable : l'orage approche. Le ciel est bas, chargé d'un unique nuage, énorme, noir charbon : une chape. La chaleur n'est pas tombée avec la nuit. C'est le signe que les pluies cévenoles guettent.

Nous nous sommes approprié le premier banc libre que nous avons trouvé. Miki, toujours à la recherche de l'attitude la plus cool, s'est assis sur le dossier et me surplombe. Nous fumons en observant distraitement l'agitation de la place.

« Je pensais pas que tu viendrais ce soir.

— Je suis pleine de surprises. »

Miki approuve et avale une gorgée de vin. Il ne sait pas mener une conversation. Je ne suis pas non plus experte mais j'essaye.

« Comment ça va, toi ? Tu fais quoi maintenant ?

— Je suis en première. À Clemenceau. »

Il a lâché ça comme si c'était l'évidence. Partout ailleurs, pour tout autre que Miki, ça pourrait l'être mais j'en reste sans voix. Il comprend que je le juge.

« Première générale, si tu te posais la question. J'ai fait une bonne année mais je me suis un peu merdé au bac de français.

— Ah zut…

— Ouais, 16 à l'écrit mais 15 à l'oral. »

Rien ne sert de tricher, il a lu en moi et mouché ma condescendance. Je l'ai bien mérité et me raccroche aux branches.

« OK, excuse-moi. C'est juste que je m'attendais à ce que ton père t'ait dirigé vers les métiers du vin. Une filière pro. »

Il m'interroge d'un regard provocateur. Il ne compte pas me lâcher.

« Un truc utile au chai, quoi.

— Une tête bien faite, c'est utile partout, non ? Et c'est Agnès que mon père a "dirigée". Elle est plus ductile que moi.

— "Ductile" ?

— Oui, sourit-il. Malléable, quoi.

— Tu l'as bien placé.

— Merci, s'amuse-t-il.

— Je crois pas qu'elle soit ductile, je crois qu'elle souffre de loyauté. Je dis pas que tu n'es pas loyal, hein ?

— Pas d'offense. »

Nous demeurons silencieux un long moment. Le temps de fumer la moitié de ma Lucky Strike. Il choisit ce moment pour se lancer.

« Ce truc sur le mur de ta maison, je sais pas pourquoi ils ont fait ça. C'est con. Dorian… Je lui ai dit ma manière de penser, tu peux me croire. »

Il a dû passer du temps à répéter et à choisir les bons mots, mais n'est pas habitué à s'excuser : il secoue la tête de manière trop démonstrative.

« Tu sais pas pourquoi ils ont fait ça, d'accord. Mais qu'est-ce que tu faisais avec eux ?

— Enzo m'a dit qu'ils allaient faire un truc pour se marrer. J'ai suivi.

— T'as trouvé ça marrant ?

— Non, bien sûr que non ! »

Il joue maintenant l'offusqué. C'est attendrissant. Je pose une main amicale sur son genou.

« Je sais, t'inquiète pas. Tu es différent, tu n'es pas comme eux. »

Pour clore le sujet, il saisit la bouteille de vin et remplit de nouveau mon verre. Puis le sien. C'est fou la vitesse à laquelle se vident ces verres. Je commence à sentir les effets de l'alcool. Plus loin, des hommes jouent mollement à la balle avec un chien. Les jappements attirent notre attention.

« Il a l'air sympa, ton chien. Je l'ai vu… enfin l'autre jour…

— Oui. Il est un peu con mais sympa. »

J'adresse un clin d'œil à Miki qui en profite pour me dire ce qui lui reste sur le cœur.

« Ce mot qu'ils ont écrit sur ton mur…

— Cette insulte, je précise.

— Hein ?

— "Gouinasse".

— Oui.

— Eh ben ?

— C'est vrai ? C'est vrai ça, que tu aimes les filles ?

— D'abord, c'est pas exactement ce que dit ce mot. Ce mot dit que j'aime les filles et aussi que c'est sale, honteux, condamnable et plein de trucs moches encore.

— Oui, c'est pas cool.

— Non, pas cool, non. »

Je lui réponds même si rien ne m'y oblige. Au moins, il sera fixé.

« Pour l'instant, on peut dire ça oui : j'aime les filles.

— Pour l'instant ?

— Oui. On sait jamais ce que la vie nous réserve, non ? Toi, t'as seize ans, tu penses savoir qui tu es, ce qui te plaît, qui tu aimes et qui tu n'aimes pas mais, franchement, t'en es sûr ?

— Je sais que j'aime pas les mecs, en tout cas, ça c'est sûr, se défend-il, surjouant le dégoût.

— Mouais. Perso, je ne suis même pas certaine de savoir ce que veut dire "aimer", dis-je en mentant.

— Moi, je sais », assène-t-il en me fixant.

Pour ne pas lui laisser d'espoir, je l'emmène à l'abattoir. Achever la bête plutôt qu'elle ne souffre. Les sentiments sont un parterre d'ancolies, mieux vaut couper tôt. Et à ras.

« Raconte », je lui dis.

Il tourne son visage vers la place, fuyant mon regard.

« Je… je pense à toi. Souvent.

— Oui, mais tu te trompes. »

À nouveau il me regarde. Incrédule cette fois.

« Tu as seize ans...

— Bientôt dix-sept !

— D'accord. J'en ai vingt-deux.

— On s'en fout. Je suis plus un gamin, tu sais. Je l'ai déjà fait. La baise, tout ça, je connais. Et je me débrouille bien. »

Je soupire intérieurement en tentant de ne rien laisser paraître.

« Certainement mais... J'aime les filles.

— T'as dit que ça pouvait changer.

— Pas pour l'instant.

— Et pas pour moi, c'est ça ? »

Son ton s'est fait tout à coup plus agressif : il est vexé. À nouveau, je pose ma main sur son genou.

« T'es un super mec, Miki. C'est juste que...

— Laisse béton, j'ai pas besoin de pommade, grogne-t-il en se levant. Allez, j'y retourne, la bouteille est vide de toute façon. »

Elle doit l'être, en effet, si j'en crois le bruit que fait la bestiole bourdonnant entre les parois de mon crâne.

On a servi de la tielle sétoise et des spécialités régionales alliacées qui ajoutent une surcouche à l'ambiance olfactive déjà chargée. Des panisses s'amoncellent dans des bannettes, il y en a beaucoup, pour clouer sur place les commensaux, leurs lourdes bedaines et leurs gros postérieurs. Les bouteilles se vident moins vite, les musiciens enfilent les fausses notes, la fumée enveloppe tout : la soirée s'enlise mais l'Échelle ne devrait plus tarder.

En attendant, les plus jeunes se sont levés pour se dégourdir les jambes, danser ou aller pisser dans les ruelles proches. Les vieux, eux, restent assis devant leurs assiettes à moitié pleines, naufragés à leurs tables alors que la fanfare tente une reprise d'un tube de Kylie Minogue (« *la-la-la, la-la-la-la, I just can't get you out of my head…* ») : c'est audacieux. Je me demande ce que les vieux entendent de la musique, des conversations, ce qui revient à me demander où ils se trouvent vraiment alors que leurs corps sont ici. Leurs regards dans le vide, leurs visages figés, bouches entrouvertes, laissent penser qu'ils sont très loin, embarqués dans un voyage sidéral sans retour.

Agnès, bonne fille, est allée discuter avec un groupe de quinquagénaires. Les parents Pujol font partie de cette cloyère frétillante. Elle les fait tous rire et les hommes dissimulent mal leur concupiscence. J'observe la scène à distance, bercée par un sentiment de fierté niais mais réjouissant : cette fille-là est à moi. Profitez-en, les ploucs : je suis Lucifer, j'emporterai avec moi la coruscante lumière.

Soudain, tous les vieux se lèvent. Les dames défroissent leur robe, les messieurs rentrent leur chemise dans leur pantalon qu'ils portent haut. Tous se dirigent vers la sortie. Ce mouvement de foule donne l'heure mieux qu'une horloge. 23 h 55. Georges, le musicien le moins éméché, prend le micro.

« Les douze coups de minuit vont bientôt retentir : prenez garde à l'Échelle ! »

L'Échelle. La traditionnelle procession de six hommes ayant passé leur tête entre les barreaux d'une échelle et, accompagnés du bourreau les alimentant, chargés de souiller l'assemblée avec une mixture écœurante.

Georges crache dans sa trompette quelques notes bien connues et toute l'assistance y répond par un joyeux « olé ! ». Il le fait à trois reprises, ce qui redonne vie à la fanfare : les musiciens se redressent et entament un air traditionnel de course taurine hérité du folklore espagnol. Une rumeur excitée envahit la salle.

« Ils entreront par l'Esplanade, prédit un type à bacchantes debout à côté de moi.

— Côté scène, rétorque son voisin. 5 euros, tu tapes la pogne ? ajoute-t-il en tendant la main à son voisin.

— En francs ça fait combien ? »

Les vieux les plus lents pressent le pas. Une mamie centenaire, dont tout le monde connaît la faconde aux accents hystériques, ferme la marche, accrochée à un déambulateur. Un de ses bas de contention a roulé jusqu'au genou et révèle sa jambe grêlée de taches bleuâtres et de varices. La mordante disgrâce de la vieillesse.

« Laissez passer Mémé Luce ! Virez vos culs, les pédés ! »

Alors que Mémé Luce met déambulateur et pieds dehors, une porte s'ouvre à côté de la scène où joue la fanfare. Le type en face de moi lève le poing.

« Par ici la caillasse, Didier ! » triomphe-t-il, le visage rouge d'alcool.

L'Échelle se présente côté scène. Elle est accueillie par des cris excités. On scande avec ferveur : « l'Échelle ! l'Échelle !... » Et tout le monde se rencogne sur sa chaise : l'instinct de conservation le dispute au goût du martyre.

La fanfare entame un air régional de plus tandis que l'Échelle entre en piste. Les six hommes, des jeunes, ont peinturluré leur tête de sang et or. Je reconnais chacun d'entre eux : Lionel, Mateo, Salvador, Pedri, Will et Gastal. On les a couverts d'un drap blanc qui dissimule entièrement leur corps. Ce genre de draps grossièrement déchirés à la main avec lesquels on protège les meubles dans les maisons inhabitées. La grande pièce de tissu blanc est ouverte aux encolures, si bien que l'effet souhaité est obtenu : l'étrange animal de foire est aussi ridicule qu'effrayant. Les formes ne sont pas nettes mais on devine, sous le drap, les montants rigides de l'échelle de part et d'autre des six cabèches. Il y a aussi les angles saillants à l'avant et à l'arrière : on n'approchera pas sous peine de se prendre un coup. De toute façon, pas question d'entrer en contact avec l'Échelle, la tradition l'interdit.

L'Échelle annonce la fête qui aura lieu demain : Pouyes, le carnaval sauvage.

La procession est menée par le « bourreau », un homme au visage entièrement masqué et portant une robe blanche : l'accoutrement n'est pas sans rappeler les dévots du Ku Klux Klan. Sur le ventre, il porte une large marmite dont le poids est réparti grâce à un système artisanal de baudriers et de bretelles qui ceignent hanches, torse et épaules. Dans sa main, le bourreau tient une louche au manche plus long qu'un bras.

« J'ai pas voulu en être », me glisse Miki à l'oreille.

Pourquoi me le préciser ? Pour me montrer qu'il est différents ou pour une autre raison ? Je n'ai pas le temps de réagir. Georges reprend la parole :

« Vous êtes tous invités à rejoindre vos places pour profiter de la parade de l'Échelle. »

Ce n'est pas une invitation, le choix n'est pas laissé : il s'agit d'adopter sans tarder l'attitude et la place de victime consentante. J'ai décidé d'être là, j'ai accepté les règles, je retrouve donc ma chaise flanquée d'Agnès et de Miki. Nous sommes en première ligne, côté piste.

L'Échelle avance. L'animal trottine devant les tables et fait plusieurs tours. Un requin allant et venant devant sa proie. Le bourreau, lui, ne bouge pas et attend que chacun ait regagné sa place.

« Sonnez trompettes pour la Bête de l'Apocalypse ! » éructe le bourreau d'une voix caricaturale, contrefaite mais efficace.

Aussitôt, la fanfare entame une ritournelle qui met en émoi l'assistance. Moi-même, je me surprends à marquer la mesure avec le pied. Agnès observe mon mouvement. Je m'interromps instantanément. Elle a cette grimace de petit singe, lèvre supérieure retroussée, yeux écarquillés, que je connais bien mais que je n'avais pas vue depuis longtemps.

« Vue, elle me taquine.

— C'est parti ! se réjouit une femme à quelques mètres de nous, aussi excitée qu'effrayée.

— Planquez-vous ! crie un homme.

— Misérables ! rugit le bourreau, vos ripailles, nous allons vous les vomir à la gueule ! »

C'est la formule consacrée annonçant la suite.

L'Échelle s'avance devant les tablées. La démarche est martiale, semble assurée, mais il suffirait d'un seul croche-patte, d'une seule perte d'équilibre, pour que la bête entière choie au sol. Les douze fers en l'air. Une bonne synchronisation est nécessaire. Elle a été travaillée, l'animal ne vacille pas : six paires d'yeux dévisagent les convives, passant rapidement sur certains et s'arrêtant plus longuement sur d'autres pour faire monter la pression.

On se fait petits sur nos chaises, on rentre la tête dans les épaules. Le bourreau a enfoncé la louche dans sa marmite. Vieux sorcier sûr de sa recette, il l'y fait tourner pour exalter le fumet de ce qui s'y trouve : quelques litres de la soupe Pouyes. On les a prélevés juste avant que n'y soient incorporés les étrons et bouses d'animaux divers : de la lie de vin macérée, et partiellement coupée à l'eau.

Ce sont les yeux du bourreau, plutôt que ceux des porteurs de l'Échelle, que les convives voudraient voir. C'est lui qui désigne les victimes. Je ne doute pas une seconde que Dorian soit le bourreau, malgré sa voix qu'il contrefait. Je sais aussi qu'il m'a repérée dès qu'il est entré.

Ça ne rate pas, il fait quelques pas et se place devant ma table : Agnès, Miki et moi sommes à deux pas de lui. Il nous fait face, la tête légèrement sur le côté. C'est moi qu'il observe et, avec un grognement bestial, il hèle l'Échelle. Aussitôt, celle-ci fend la piste et se porte à notre hauteur.

« Les premiers "consacrés" du soir ! » jubile à haute voix un homme à une table distante, récoltant un murmure d'approbation réjoui.

La main crispée, Agnès saisit ma cuisse. Le bourreau suit son geste, observe sa main et remonte jusqu'à mon visage. Les six de l'Échelle psalmodient une incantation païenne que certains dans l'assistance reprennent en chœur. Le spectacle est bien rodé, on le connaît depuis toujours.

Pourtant, le bourreau agit de manière inattendue : il secoue la tête et, à la surprise de tous, notamment des porteurs de l'Échelle, nous épargne. Nous échangeons, avec Agnès, un regard incrédule tandis que le maître et sa bête de foire se dirigent vers une autre tablée.

Que Dorian ait épargné Miki et Agnès, c'est compréhensible, mais aucun de nous ni de ses amis ne doutait qu'il se délecte à me voir souillée. Au lieu de ça, il arrête la course de l'Échelle devant un groupe de quinquagénaires, hommes et femmes, cramoisis par l'alcool. Les six ouvrent la bouche : de monstrueux oisillons attendant l'infecte becquée. De la marmite, Dorian tire le cuilleron plein à ras bord.

Un vague d'allégresse parcourt de nouveau l'assistance : cette fois, ça ne ratera pas. Prestement, le bourreau verse dans le gosier de ses dévots le contenu de la louche qu'il replonge à trois reprises dans sa marmite.

« Ça va dégobiller ! » crie très fort Miki.

Je comprends maintenant les mots glissés quelques minutes plus tôt : il aurait dû être à la place de Gastal, un brave type un peu plus âgé que nous et qui n'a jamais vraiment fait partie de la bande. Mais Dorian l'a rejeté. Une mise au ban qui me concerne sûrement.

Comme si elle lisait en moi, Agnès me souffle à l'oreille :

« Miki et Tris se sont engueulés, je sais pas pourquoi.

— À cause de moi, je suppose. On ne pactise pas avec l'ennemie.

— Tout ne tourne pas autour de toi.

— Toi, tu tournes autour de moi, non ? »

Elle ne dit rien. Ne réagit même pas mais, de concert avec tous les invités, se met à taper dans ses mains. Le batteur de la fanfare, lui, fait rouler ses baguettes sur la grosse caisse.

La puanteur ambiante et l'alcool me tournent la tête. Les cris incessants aussi. Les six de l'Échelle crachent sur les premiers consacrés la bouillie macérée dans leurs bouches. Les applaudissements et les éclats de rire fusent pendant que les victimes essuient leurs visages souillés.

C'est maintenant que commence vraiment Pouyes.

Le ballet de l'Échelle continue. Portée par la musique, elle passe de table en table : les bouches sont remplies, les bouches sont vidées. Le drap blanc vire au grenat, le sol se couvre de lie de vin. Les hurlements hystériques le disputent aux insultes.

« Regarde-moi ces pédés qui s'enfilent !

— Pour sûr, ils ont leurs culs à l'air sous le drap !

— Allez les nains, on vous attend ! »

L'effet recherché est obtenu : l'Échelle arrose les brocardeurs qui se délectent de se voir ainsi maculés. Ils ne sont pas uniquement venus pour faire bombance : l'Échelle c'est la tradition, on participe et on respecte. Les six et le bourreau se déplacent vite mais, alors qu'elle vise un nouveau groupe, l'Échelle manque de partir à la renverse sur le sol glissant. Elle se retient à une table puis est secourue par trois hommes. Les six sont de plus en plus alcoolisés eux aussi. Ils l'étaient avant d'entrer en scène et la lie de vin qu'ils ingèrent malgré eux à chaque assaut n'arrange rien. Mais tant que l'Échelle ne se sera pas écroulée au sol, le manège continuera de tourner. Si les victimes sont de plus en plus nombreuses, notre table, elle, est toujours épargnée. Leguet lui-même s'en étonne :

« Agnès, soit tu as définitivement émasculé Dorian, soit le gars n'est pas content !

— J'opte pour "émasculé", dis-je.

— Moi je crois qu'il est jaloux de la belle amitié d'Agnès et Maria », intervient Miki d'un ton sarcastique que je lui découvre.

Agnès fusille son frère du regard.

« Qu'est-ce qui t'arrive, fils ? s'étonne Leguet.

— Demande à Agnès et à "sa bonne amie" », ironise Miki, entourant de guillemets avec ses doigts le grossier sous-entendu.

Les séries américaines ont définitivement imposé ce geste. Leguet interroge sa fille du regard et Agnès joue l'incompréhension.

« Ça va les meufs, tout le monde a compris. »

Miki enfile cul sec un dernier verre de vin et s'apprête à ficher le camp lorsque l'Échelle finit par glisser dans la mixture répandue au sol et s'étale dans un bruit sourd et un râle de douleur. Les six gémissent un instant sous le drap, d'abord incapables de se débarrasser de leur entrave, mais finissent par se relever. Les plus vaillants soutiennent leurs pairs les plus enivrés.

« On applaudit l'Échelle ! » s'égosille Georges dans le micro.

L'Échelle reçoit une ovation et le bourreau retire sa capirote.

Ce n'est pas le visage de Dorian que je découvre mais celui d'Enzo, transpirant et heureux. Miki n'en revient pas et, juste après la stupéfaction, je lis l'effroi sur son visage lorsque nos regards se croisent. Un truc glaçant. Il secoue la tête.

Agnès me saisit par les épaules. Elle brandit son téléphone portable devant mon visage. Le nom de l'émetteur me saute aux yeux, Dorian, et puis le message.

J'espère que tu passe une bonne soirée bella. Chez ta copine, ca sens le cramé. J'dis ca…

Je comprends d'un coup pourquoi Dorian n'est pas là et pourquoi l'Échelle m'a épargnée. Je comprends ce que Miki a deviné avant moi et le sourire délétère d'Enzo qui fixe le téléphone dans la main d'Agnès. Il m'adresse un clin d'œil et un doigt d'honneur discret en se grattant le coin des lèvres avec le majeur.

Je suis dans un brouillard épais, un mauvais rêve imbibé d'alcool et d'odeurs punais. L'idée du feu s'infiltre en moi, la fumée noircissant tout, les cendres envahissant le ciel. Une nuée de phalènes.

Agnès me secoue.

« Qu'est-ce que tu fous ? Fonce ! »

Comme je ne réagis pas, elle saisit mon visage entre ses mains. C'est la douceur de ses mains, de sa peau contre la mienne, qui me tire de mon hébétement. Et ses yeux plantés dans les miens.

« Bouge, me dit-elle. Fais ce qu'il faut.

— Oui… »

Je me rue vers la sortie, laissant derrière moi les fausses notes, les cris et la viande froide.

18 septembre 2004 – jour de Pouyes

1,3 kilomètre. C'est la distance qui sépare la salle des fêtes du village du chemin de traverse que j'aborde. Celui qui mène au château d'eau.

J'ai roulé à tombeau ouvert. Lorsque je ralentis pour emprunter la dernière voie, je ne me souviens pas du trajet parcouru.

Agnès a embrassé mon front. L'instant d'après, je suis là.

Près du baraquement de mon père, des flammes ondoient mollement. Pas grand-chose, même si une fumée épaisse s'élève dans le ciel. J'accélère, quitte à me foutre en l'air.

Me rapprochant, je distingue la silhouette de mon père qui se tient au-dessus du foyer mourant. Son corps noueux se détache parfaitement dans la lumière blafarde qui éclaire la porte d'entrée de sa maison. Il lance un seau d'eau sur les dernières flammèches : si j'en crois les reflets sur le sol détrempé, il n'en est pas à son premier assaut. Saisissant un deuxième contenant à ses pieds, une sorte de tonneau décapité, il arrose de nouveau. Il n'y a plus de flammes mais la fumée demeure : elle enveloppe la silhouette décharnée de mon père. Il se penche en avant et pose les mains sur ses genoux. Il n'a pas l'air blessé mais épuisé, si j'en crois le mouvement de pendule qui agite le haut de son corps. Sa manière à lui de reprendre son souffle.

Je suis maintenant suffisamment proche pour constater qu'il a dû être réveillé en plein sommeil : il ne porte qu'un slip et un marcel.

J'avais imaginé la baraque en feu, mon père agonisant et Dorian riant comme un diable, un pied posé sur son cadavre. La scène que je découvre est moins extraordinaire : Dorian aura allumé une poubelle ou incendié un ballot de vêtements. Pour me faire peur et pour rire avec ses copains.

Je coupe le moteur et descends de la moto à quelques mètres de mon père. Son geste brusque de la main m'arrête. Il me défend d'approcher. Je ne comprends pas. L'alcool qui coule dans mes veines et qui embrume mon esprit n'aide en rien.

« T'avance pas ! »

Je vais pour retirer mon casque mais constate que je ne le porte pas. Ça me revient : dans la précipitation, je l'ai laissé sur un poteau dans la ruelle où j'étais stationnée.

Impossible de comprendre pourquoi mon père veut me tenir éloignée quand, brusquement, je prends conscience du silence qui nous entoure. Il n'y a pas de bruit, pas un son. Rien. Le même silence désespérant que celui qui régnait dans ma chambre d'étudiante à Lyon, lorsque je vivais seule. Avant de déménager, avant d'avoir une colocataire, avant d'avoir un chien… Pourquoi est-ce que je n'entends pas les jappements de Sancho ? Où est mon chiot ? Quelle que soit l'heure à laquelle je rentre, Sancho jappe et me fait la fête.

Mon père vient à ma rencontre et me prend dans ses bras. Fermement. Il me serre, me contraint.

« Je m'en occupe, ne regarde pas.

— Quoi ? Tu t'occupes de quoi ? Qu'est-ce qui se passe ? Où est Sancho ?

— Calme-toi, ne va pas plus loin, Maria. »

Je regarde par-dessus l'épaule de mon père et vois la corde d'abord. La partie qui n'a pas brûlé, la plus proche du piquet.

Ce n'est pas un ballot de vêtements que Dorian a incendié. Je hurle le nom de mon chien, me dégage de l'emprise de mon père mais mon corps s'effondre par surprise, sans que j'y puisse rien. Mes jambes lâchent et je me retrouve les genoux dans la terre mouillée, devant le corps carbonisé de Sancho. La chair est grillée, ses poils ont disparu. Les os arrondis de la cage thoracique sont à nu. Du museau, ne restent que les dents. Ses yeux ont fondu, son cerveau est apparent. Je vomis d'abord puis fonds en larmes. Pour la première fois depuis une éternité. C'est comme si chacun de mes organes, lourds blocs de pierre, avait plongé en moi, absorbé par un trou noir dont il n'atteindrait jamais le fond. Je donne de grands coups de poing dans la terre détrempée, les éclaboussures maculent mes bras, mon visage. L'odeur, forte, rappelle celle du méchoui de l'Échelle. Mes larmes coulent sans interruption. Je crois n'avoir jamais eu à réprimer un tel flot, pas même à la mort de ma mère.

« Les putains de fils de pute… Un chiot, putain ! » rage mon père entre ses dents.

Même d'où je me trouve, malgré l'odeur de terre mouillée, malgré la morve qui sort de mon nez, même là, le dos tourné, je sens son haleine alcoolisée : Ricard et menthe blanche. La colère m'aide à me relever pour me tourner vers lui.

« T'étais où, putain ?! Tu cuvais, c'est ça ?! »

Je tape des poings contre son buste. Il me laisse me défouler contre lui. Je trouve dans sa poitrine la caisse de résonance que j'espérais : mes coups vivent dans son corps. Et au-delà de moi.

« Doucement, doucement.

— T'as pas entendu ?! Merde, t'as rien entendu ?! »

Il me tient fermement contre lui. Je me débats, mais il raffermit son emprise.

« Non, rien. Je suis désolé.

— T'es nul, minable. Tu vaux rien. Zéro… »

Mon père a beau sentir l'alcool, l'odeur de sa peau est inchangée, âcre et rassurante à la fois. Il m'apaise autant qu'il me dégoûte, mais j'ai besoin de repos. Je m'abandonne contre lui.

« Là, pitchoune, là. Respire, fille, respire. »

À quoi bon lutter ? Je pleure dans ses bras. La fumée nous enveloppe. Nous sommes réunis pour la première fois depuis longtemps. Peut-être même ne l'avons-nous jamais été autant que devant le cadavre carbonisé de Sancho, moi en tenue de soirée et lui dans son slip mouillé.

*

Mon père m'a conduite jusque dans ma chambre, a retiré mes chaussures et fait basculer sur mon lit. Il a embrassé mon front, j'ai trouvé de la douceur dans ce baiser.

« Je mets Sancho dans un sac à l'abri des bêtes. Demain, on l'enterre. Comme il faut. On trouvera qui a fait ça, je te le dis, et on lui fera bouffer sa merde. Dors en attendant, fille, je veille. »

Mon père fait quatre pas et s'inscrit dans l'encadrement de la porte.

« Papa ?

— Oui ?

— Tu savais qu'il s'appelait Sancho ?

— Bien sûr. Je suis un "minable", tu as raison, mais je sais plus de choses que tu crois. Repose-toi maintenant. »

Il tire la porte derrière lui, précautionneusement, et je ferme les yeux espérant que le sommeil me soulagera.

Je suis avec Agnès, nous nous tenons côte à côte pour observer le spectacle qui se joue devant nous : l'âne blanc, mon père, est jeté dans la *bañha* Pouyes. La baignoire déborde. Dorian caresse mes seins et je ressens autant de dégoût intellectuel que de plaisir physique. Une vieille femme, Luce peut-être, maintient mon père la tête dans la fange. Il ne se débat pas. Je voudrais crier, l'aider mais Dorian m'en empêche. Le corps disparaît et je sais que mon père est mort. Son cadavre remonte à la surface, flotte, ses fesses blanches ridicules surnageant au milieu du liquide carmin. La vieille femme secoue alors des clochettes dorées dont le son m'est familier.

Ce sont elles qui me réveillent. Je suis trempée de sueur et toujours habillée. Il n'y a pas de bruit dans la maison. Dans mon crâne, que l'alcool n'a pas encore laissé en paix, mes pensées se mettent en ordre. Je les visualise : des points intensément lumineux. Elles se courent les unes derrière les autres, se retrouvent, se bousculent ou s'agrègent au milieu du marasme éthylisé qu'est mon cerveau. Je repense à la très longue journée de la veille et, étonnamment, c'est le visage incrédule de Jean-Mich, sa déception enfantine lorsque nous avons laissé le saucisson d'aloyau à nos suivants, qui met tout le reste à distance. Mon téléphone tintille une nouvelle fois. Les clochettes de mon rêve.

Je sais pour ton chien. Dorian s'est vanté. Je suis désolé. Miki

Le second est d'Agnès. Si le message de Miki n'a fait que confirmer ce que je savais déjà, celui d'Agnès me glace. Un long frisson me parcourt des pieds à la tête.

On nous a vues à la rivière. "L'animal de jour" - Dorian me fait peur. Il m'a jetée par terre. Il hurlait. Ton chien, c'était un avertissement. Il dit qu'il te tue s'il te revoit.

Quelle heure est-il ? Dix heures. Je pensais n'avoir presque pas dormi. Dorian veut me tuer ? On verra qui tuera qui. C'est Pouyes là-haut : tout peut arriver.

Il faut que je me douche. Je sors de ma chambre et observe par la fenêtre du salon : le ciel est noir mais la pluie n'est pas encore arrivée. Les nuages ont grossi toute la nuit et s'élèvent à plusieurs kilomètres dans le ciel : lorsqu'ils éclateront, ce sera le déluge.

J'avise un mot que mon père a laissé, griffonné au bas d'une page de *L'Équipe*. Il n'a pas de portable, il n'en voit pas l'intérêt.

« Plutôt crever que d'être joignable par le premier connard venu. Une urgence ? Quelle urgence ? Pfff... On nous tient en laisse. »

Son écriture est étonnamment belle, déliée. Rien à voir avec la main calleuse au bout du stylo, ni avec le type au bout de la main.

Je suis monté pour Pouyes.
Y a du café. Je reviens.
T'emballe pas, fille.

L'âne blanc a le « privilège », accompagné de quelques servants – ceux qui veulent assister au spectacle sans être pris pour cibles –, d'entretenir le feu sur la place du Thérou. Le rite est séculaire et c'est dans ce brasier qu'on brûlera les Poupettes quand, après avoir atteint l'épuisement collectif, on considérera qu'il est temps de clore le carnaval. D'une année à l'autre, l'heure varie. Je ne doute pas que, cette année, la drache cévenole écourtera les festivités. Elle les aura toutefois rendues plus mémorables encore.

Je me douche à l'eau froide pour m'éclaircir l'esprit. Cela ne fonctionne pas au début, un peu mieux quand je remonte le jet jusqu'au ventre, et parfaitement quand je place le pommeau au-dessus de ma tête et que l'eau entre en contact avec mon crâne après avoir traversé mon épaisse tignasse. Je suis saisie par le froid glacial. Il disperse les dernières nappes qui embrumaient mon cerveau. Mon corps se retend. Les muscles de mes bras et de mes jambes saillissent. Je suis prête. Je ne sais pas à quoi, mais je suis prête.

Le SMS d'Agnès me revient. Un coup de poing dans le ventre. « Il te tue s'il te revoit. »

Il va me revoir. Voilà ce pour quoi je suis prête. Les moqueries, les insultes. Celles envers moi, envers mon père aussi. Sancho. Une rancœur lointaine aussi. Je pensais m'en être débarrassée, mais on ne laisse pas tout ça derrière soi, sur un claquement de doigts ou en s'isolant à trois cents kilomètres. Ce n'est pas une distance suffisante, il n'en existe pas : il y a des choses qu'il faut affronter et régler. Une fois pour toutes.

Dans le placard de ma chambre je retrouve ma tenue de Blanche d'il y a quatre ans : pantalon et tee-shirt blanc immaculés, deux rubans rouge sang. Je ne mets pas de culotte ni de soutien-gorge sous les vêtements que j'enfile. C'est étrange, je ne sais pas ce qui me guide mais il me paraît évident que c'est la bonne chose à faire. Le pantalon me gaine : j'ai grossi mais ça fera l'affaire. Je noue le premier ruban à ma taille. Le second fait office de foulard autour de mon cou.

J'avale un mug de café tiède et m'avance vers la chambre de mon père, consciente de chacun de mes pas. Il a laissé sa fenêtre ouverte, pour aérer certainement. Je l'imagine pourtant mal prendre ce genre de précaution. Avisant le sac poubelle semi-opaque posé sur la commode où mon père fourre ses vêtements, je comprends : il contient ce qu'il reste de Sancho. Avec la vue vient l'odeur. Je détourne les yeux et tombe sur la photo de mes parents en maillot de bain, « quelque part en Corse, les temps heureux ».

Sans hésiter, je plonge la main sous le matelas de mon père et, comme hier, le contact du pistolet m'envoie une décharge dans le corps : le métal et la puissance. La puissance qui, quoi que j'en dise, manque peut-être à ma vie. Je glisse l'arme à l'arrière de mon pantalon, au niveau de la ceinture, et laisse retomber mon tee-shirt dessus. Le contact du canon avec la peau de mes fesses. Cet objet, qui m'a d'abord inquiétée, me semble maintenant familier.

Avant de partir, j'écris une lettre à mon père. La table basse devant le canapé est encombrée : j'écarte tout.

Papa,

Je ne suis pas venue pour toi. Ni pour les vendanges. Je suis venue pour Agnès, parce que je l'aime. Juste pour elle. Je ne suis peut-être pas l'enfant que tu aurais aimé avoir mais maman serait fière de moi, j'en suis sûre.

Peut-être que je ne reviendrai pas, ou peut-être que je serai amochée. Peut-être que je délire mais il va se passer des choses avant que l'olifant ne sonne la fin de Pouyes.

Tu m'as écrit de ne pas le faire mais, tu me connais, je m'emballe. Tu ne voulais pas que je fasse d'histoires : c'est raté mais, ne t'inquiète pas, je réglerai ça seule. J'ai l'habitude.

J'espère te revoir quand même, on aura peut-être des choses à se dire.

Tu te souviens de cette envie de balancer une charogne dans le château d'eau, qu'elle pourrisse durant des mois et des années… l'idée est belle. « Charogne », tu as dit. C'est un mot assez beau.

Maria

La lettre est bien visible sur la table basse : même fin bourré, il ne la ratera pas.

Les larmes de la nuit me reviennent à l'esprit : leur souvenir me fortifie, alimente ma volonté guerrière.

Après avoir soigneusement noué mes baskets, je franchis la porte de la maison avec l'idée que je n'y reviendrai peut-être jamais.

*

Les nuages modèlent une chape aqueuse qui cache le sommet du village. À sa base, la masse nuageuse s'est enroulée autour des maisons, les enveloppant d'un voile épais et silencieux. L'humidité infiltre tout : la bande de bitume que je foule, les troncs des platanes en bord de route, ma peau, mes os. La moiteur est asphyxiante, presque vivante, elle s'accroche à moi avec ses bras visqueux. Elle n'entrave pas mon avancée, au contraire, elle me tire vers le village avec ses longs doigts moites. Elle m'emmène là-haut, vers les ténèbres qu'elle a bâties et où elle règne.

Je ne suis pas seule : à quelques centaines de mètres devant moi, et plus loin encore, des Blanches montent au village par grappes de deux ou trois. On se rend à pied à Pouyes. En silence.

Je passe le panneau indiquant la restriction d'accès au village. C'est un avertissement écrit en lettres noires sur fond orpiment : « À vos risques et périls ». Cela pourrait prêter à rire, car les zones de non-droit ne sont plus censées exister. En France en tout cas. Pourtant, ce sont deux gendarmes assermentés qui veillent sur l'écriteau. Ils ont garé leur Kangoo sur le bas-côté. L'un d'eux fume tandis que l'autre, assis sur le siège conducteur, portière ouverte et jambes à l'extérieur, distribue des miettes de pain aux moineaux pépiant à ses pieds. C'est une scène étrange : les grosses chaussures du type sur le bitume, les petits oiseaux furtifs, le silence de la campagne endormie sous son épaisse couverture nuageuse.

« Vous savez où vous allez ? » m'interroge celui à la cigarette.

Il le fait parce que ce sont les ordres, parce qu'il le demanderait même au maire s'il passait devant lui avec son écharpe tricolore. Mon costume affranchit l'observateur, même le moins avisé : je sais exactement où je vais et pourquoi. Je confirme poliment.

« Vous n'êtes pas armée ? reprend-il.

— Non.

— OK, amusez-vous bien. »

Sa grimace, légère, à peine esquissée, indique qu'il méprise, ou, tout du moins, ne comprend rien à ce qui se passe là-haut ni à ceux qui décident de leur plein gré de s'y rendre.

« Merci, monsieur », dis-je en poursuivant ma route.

Un groupe de Blanches disparaît à cet instant dans la chape de nuages jetant un voile sur le village et ce qui va s'y dérouler. La nature cache au reste du monde la sauvagerie de ses pires rejetons.

Il faudrait que je me figure un plan mais j'improviserai. Dorian et d'autres jouent sur un terrain qui n'appelle aucune sophistication. Ils m'y ont emmenée avec eux puisque je suis là, marchant vers le village, renforçant mes appuis pour absorber le dénivelé sans ralentir. Je jouerai selon leurs règles. Cette scène de film où deux voitures roulent l'une vers l'autre à toute vitesse passe devant mes yeux. Le gagnant est celui qui ne flanche pas, qui ne dévie pas de sa trajectoire pour éviter la collision. Parfois, il y a deux gagnants et les deux sont morts. Je crois que nous en sommes là, Dorian et moi. J'étais sortie du jeu, depuis bientôt trois ans, il ne veut pas que je revienne et surtout pas pour dérober sa plus belle prise, celle qui assure, dans sa tête de crétin, sa position de mâle dominant. Imaginer Agnès partir avec moi, une fille, doit le rendre fou. Je comprends. Confusément, il doit sentir que, sans Agnès, son monde s'écroulera. Mais, sans Agnès, c'est mon monde que je ne parviendrai pas à construire.

Je pilote une voiture lancée à pleine vitesse et je ne dévierai pas de ma trajectoire.

« À vos risques et périls », avertissait le panneau.

Pénétrer la chape a mis le réel à distance. L'humidité, plus sûrement que ma tenue, m'a conditionnée et fait basculer dans ce monde auquel je ne pensais plus jamais avoir affaire. Pouyes, le carnaval sauvage. Agnès, Dorian, tous, ils vont comprendre qui je suis. Peut-être le découvrirai-je moi-même. Je ne me suis jamais battue, je n'ai jamais frappé. Je ne fais pas partie de ceux qui vont aux toilettes quand une rixe éclate mais être une fille m'a toujours protégée. Les choses ont changé. Je suis prête à saigner, prête à cogner. Pour blesser et faire saigner.

Une corne de brume perce le brouillard : c'est l'olifant qui annonce le début des hostilités. Cet appel surgi du Moyen Âge fait vibrer quelque chose en moi, attise mon envie d'en découdre.

Les vapeurs, provenant du brasier qu'on saura entretenir jusqu'à la fin des festivités sur la place centrale, épaississent le brouillard et irritent mon nez et mes yeux. L'air a une épaisseur suffocante. Les rues ont une odeur.

Déjà des silhouettes hurlantes et des ombres fugaces surgissent de la brume pour y disparaître presque aussitôt : déjà les Pouyes sont en chasse et les Blanches détalent. Qu'on ne compte pas sur moi pour fuir. J'irai au contact. Cognez-moi, humiliez-moi, frappez mon corps et mon visage, vous ne ferez qu'alimenter ma rage.

Soudain, une Blanche surgit face à moi. Les traces sur ses vêtements montrent qu'elle a déjà subi des assauts, qu'elle est tombée, mais pour le moment, personne n'a réussi à la saisir avec suffisamment de fermeté pour la basculer dans l'auge la plus proche. Elle est jeune, seize ans peut-être, je ne la connais pas. C'est certainement la première fois qu'elle sort. Elle bute contre moi. Ses yeux luisants et ses mâchoires serrées indiquent qu'elle est aussi effrayée que grisée. À sa suite émerge hors du brouillard un Pouye massif.

« Bonne chance », jubile l'adolescente.

Elle m'adresse un clin d'œil et détale. Elle est mouvante et moi statique : je suis la nouvelle proie. Je suis offerte et ma tenue immaculée ne peut qu'exciter la bête.

Pourtant, contre toute attente, le Pouye ne fond pas sur moi. Au contraire, il interrompt sa course et s'approche lentement, légèrement voûté, les mains à hauteur des genoux. Il s'immobilise à quelques centimètres de moi. Son accoutrement lui donne du volume, son chapeau claque, de la hauteur. Je suis une toute petite chose à côté de lui. J'entends sa respiration. La sienne, la mienne, et c'est tout. La gueule énorme de la bête me frôle. Son souffle émerge de sous le rabat et s'enroule autour de mon visage. Je ne peux pas partir. Je reste figée. Soudain il rugit et je sursaute de surprise. Mais je ne crie pas. Il tourne autour de moi. Je ne bouge toujours pas, le perds de vue quand il passe derrière moi. Il me bouscule avec son épaule, m'obligeant à faire un pas de côté pour assurer ma stabilité. Qu'il me touche encore et mon coup de pied ne ratera pas ses testicules. Il sera surpris : les Blanches ne cognent pas, toute riposte est interdite. Je lève les deux mains devant mon visage, un geste ridicule mais le Pouye fléchit sur ses jambes, prêt à ce que je lui saute dessus. Il semblerait que j'en impose.

« Sara, sara », dis-je sans lever la voix, une provocation de carnaval.

Cela signifie « approche, viens te frotter à moi, je n'ai pas peur de toi ». Pas peur de tes yeux brillants, de ton allure de bête et de ta brutalité. Il ne bouge pas, je le dépasse et le bouscule à mon tour. Sans la moindre crainte de représailles. Il grogne mais rien d'autre.

Sûre de ma puissance, j'avance. Les maisons s'écartent devant moi et je débouche sur la place. La brume est moins présente mais le bûcher dressé au milieu est asphyxiant. Comme attendu, mon père s'y affaire, assisté de quelques anciens. On dansera autour dans quelques heures. Bourreaux et victimes réunis y jetteront les Poupettes et leur crémation marquera la fin de la fête.

Pour le moment, Pouyes bat son plein.

Un esprit sain, confronté à la scène, perdrait aisément ses repères et s'interrogerait sur la réalité de ce qu'il observe : tout bouge, les Pouyes hurlent comme des bêtes – ils sont une bonne cinquantaine à courir –, les Blanches poussent des cris stridents, des « sara ! » jubilatoires. Le sol est violet prune, couvert de l'immonde bouillie Pouyes. Par endroits, près des auges, ou dans des zones circonscrites par les trottoirs, les pieds s'enfoncent jusqu'aux chevilles dans l'excrémentiel limon.

Dans trente minutes, une heure à peine, quand auges et cuves auront toutes été renversées, c'est la place entière qui fera office de fétide pédiluve. On s'y jettera à plat ventre et de bon cœur. Mouvement paillard et panurgique. Ensorcellement scatologique. Les karchers de la mairie mettront demain plusieurs heures à faire disparaître les traces de l'orgie. Avant qu'on oublie tout, jusqu'à l'année prochaine. Après avoir commenté les plus belles prises, les plus violents gadins et s'être repu d'anecdotes, on mettra à la poubelle les canettes de bière, les bouteilles de carthagène. On liquidera les ordures et la vie reprendra. Rien n'a eu lieu, rien ne sera archivé hormis les traditionnelles photos des « Pouyes nus » : les hommes, posant par petits groupes, débarrassés de leurs sacs de paille mais arborant fièrement rabats et chapeaux de carnaval.

La fête a commencé il y a peu – le son de l'olifant résonne encore dans mes oreilles – mais on pourrait croire que cela fait plusieurs jours que tous s'agitent ici. M'avançant au milieu du chaos dans ma tenue encore immaculée, je fais figure d'exception, j'attire l'œil.

Ça ne rate pas : après quelques mètres seulement, un Pouye me prend pour cible. Il court vers moi en brandissant une serpillière : lourde de mélasse, elle m'assommera aussi sûrement qu'un bâton. Sa course est pataude, je vais pouvoir parer l'attaque. Lorsqu'il tente de m'étriller, je pivote et lui assène un coup de pied dans le tibia. Le type s'effondre en criant. Une Blanche ne se défend pas. C'est la voix d'un homme d'âge mûr. Pas un gars de la bande.

J'avance encore et repère un petit groupe pris en étau près de l'église. Des Pouyes, une dizaine, entourent leurs pâtures. C'est joué d'avance, elles n'éviteront pas la sentence et le bain excrémentiel. Pourtant, elles ne crient pas. Parmi elles, je repère Agnès.

J'en oublie Dorian, mes envies de meurtre, et avance vers elle avec une seule idée en tête : l'emmener avec moi, maintenant. Ce soir nous serons loin.

Une cinquantaine de mètres nous séparent. Elle évite d'un coup de reins l'assaut d'un Pouye. Un cri de joie accompagne sa parade.

Ce cri m'arrête.

Agnès est heureuse. Elle prend plaisir à être là. Je n'existe pas. Ni le corps carbonisé de Sancho. Ni les insultes que j'ai subies, les coups que j'ai reçus. Elle sourit. Encore et toujours, elle sourit. Comme du haut de sa mezzanine dans la Grange Pouyes. Elle est tout à la fête, à la tradition et cette saloperie de « loyauté » qu'elle brandit en étendard.

C'est l'histoire de Maria qui s'est trompée et s'en rend brutalement compte.

Agnès évite l'assaut d'une autre bête qui dérape et se retrouve au sol. C'est l'avantage des Blanches : sans accoutrement, elles sont plus mobiles, leur célérité est leur seule arme. Elles sont une bonne cinquantaine à cavaler dans tous les sens, poursuivies par les bêtes. Certaines ont déjà été attrapées et leurs costumes ont viré au violet. Une Blanche est installée dans une auge pour porcs à demi vidée de son contenu putride. Pieds et coudes posés sur les rebords, elle rigole seule, abrutie par les émanations alcoolisées de l'infâme tambouille fumante dans laquelle trempe son cul.

Agnès, elle, se fait finalement alpaguer par un Pouye. Le type, dont le plastron est un sac de toile floqué La Poste, ne la saisit pas par la taille pour la faire basculer. Il ne profite pas non plus de l'occasion, trop belle, de s'agripper à ses fesses. Non, il se contente de la contenir, sa large main posée sur son épaule, près du cou.

De sa main libre, la bête lève son rabat pour lui montrer son visage. Dorian. Agnès gesticule et crie pour qu'il la lâche mais je le devine raffermissant son emprise sur les frêles épaules d'Agnès. Il crie et je comprends que lui et moi souffrons du même mal : Agnès est insaisissable, un feu follet, et l'impuissance face à elle peut mener à l'amour comme à la haine.

Elle rebuffe et chasse l'un des bras de Dorian. Il change d'attitude comme celui qui cherche, par la douceur, à dresser un animal sauvage. Il parle : ses lèvres bougent vite mais son visage impassible dit sa détermination. Il parle, parle, et ses mots ont un effet sur Agnès : elle baisse la tête et se calme. Je sais ce qu'il est en train de faire : il tente de la ramener vers lui, de rattraper celle qui lui échappe. *On nous a vues à la rivière.*

Ce n'est pas comme ça que cela doit se passer. Je pense aux deux voitures roulant à tombeau ouvert l'une vers l'autre. Je me décide à passer à l'action mais un Pouye se dresse devant moi.

Trois autres, puis quatre, s'approchent à leur tour. Ils ne m'encerclent pas mais se tiennent à mes côtés, comme une escorte qui voudrait me protéger de l'assaut des autres bêtes. Ils sont sur le qui-vive, me suivent de près. Il leur suffirait de tendre le bras pour me saisir par les cheveux, par mon foulard, mais ils maintiennent une juste distance.

Je ne comprends pas et rugis en serrant les poings. Les bêtes reculent de quelques pas : elles ne sont pas apeurées mais refusent d'en découdre. Pourquoi ? Leur comportement n'a pas de sens. Le jeu, c'est que les bêtes flagellent les Blanches, les brutalisent puis s'en saisissent. Le jeu, c'est de se faire rouler dans la merde, noyer dans la lie de vin. Se faire fouetter, humilier en souriant, amocher volontairement. L'âne blanc était le premier, il annonçait la suite. C'est toujours ainsi. Pourtant ils s'écartent devant moi. Ils sont cinq, ils sont dix. Toujours en mouvement. Autour, d'autres bêtes poursuivent d'autres proies.

Les nuages énormes, noir de jais, soufflés par un vent violent, donnent au ciel une allure de décor de théâtre. Mes yeux vont et viennent des bêtes à

Agnès et Dorian. Ce dernier lui sourit maintenant. Délicatement, pouce et index joints, il relève le menton d'Agnès. Il pose sa main sur sa joue. Agnès ne la repousse pas.

« Dorian ! » crie l'une des bêtes alors que je continue d'avancer vers lui.

Il ne se retourne pas. Il se penche vers elle et glisse encore quelques mots à son oreille.

« Dorian, elle est là ! » crie de nouveau le Pouye.

La barbe postiche déforme la voix mais je suis sûre que c'est Enzo qui joue les orfraies.

Cette fois, Dorian se retourne. Nos regards se croisent. Il glisse sa langue entre ses lèvres : le loup qui se lèche les babines n'a jamais douté que je viendrais. Il a sans aucun doute brûlé Sancho dans le seul but de m'attirer à lui.

Et il a donné un ordre. Celui de me laisser venir à lui. Maria Gaetano est à lui. Elle aussi. C'est la raison pour laquelle mes vêtements n'ont pas reçu une seule goutte de lie, la raison pour laquelle les Pouyes demeurent à une juste distance de moi.

Il remet son masque et, dans un même mouvement, s'élance vers moi. Ce n'est pas un pas décidé, c'est une course. Je m'élance à mon tour, tentant de mettre autant de vélocité que possible dans mes foulées, d'appuyer aussi fort que je peux sur mes jambes.

Nous nous percutons violemment. Épaules contre épaules, front contre front. Deux buffles irascibles.

Nous nous agrippons l'un à l'autre : aucun de nous ne tombe. Il est plus fort mais ma fureur est grande. Pas suffisamment. Après quelques secondes, il fauche ma jambe et, alors que je me retrouve au sol, se laisse tomber sur moi. J'en ai le souffle coupé. Mon dos est meurtri par le pistolet dans mon dos. C'est comme si j'étais tombée sur un caillou.

« Tu vas morfler, il aboie. Regarde-moi ça, dit-il en claquant violemment mes seins, à plusieurs reprises, du plat puis du revers de la main. Regarde tes grosses mamelles qui ballottent. Tu me dégoûtes ! »

Je tente de bouger mais il est plus fort et je suis sonnée. Il m'attrape par les cheveux, écrase mon visage sur le sol et l'utilise pour étaler la fange violâtre.

« Bouffe ça ! Pour qui tu te prends ?! Lâche ma femme. Ou je te tue ! Barre-toi, dans ta ville de pédés ! »

Je cherche Agnès du regard et ne la vois nulle part.

Elle n'a pas tenté de me défendre, de retenir Dorian. L'aurait-elle pu ?

Dorian tourne le visage vers les bêtes qui m'entourent et indique une auge non loin.

« Foutez-la à la *bañha*. Qu'elle boive un bon coup ! »

Il se remet debout et empoigne mes cheveux. La douleur me fait me relever. De sa main libre, il saisit mon foulard et serre. J'ai du mal à respirer.

« Tu fais moins la belle, là ! »

D'un mouvement de bras, il m'envoie valdinguer vers deux de ses sbires. Chacun me prend par une épaule, je bascule. Ils me traînent sans peine. Le ciel noir, les traces que mes talons laissent dans la lie de vin. Le brasier se consume toujours sur la place secouée par un vent de plus en plus violent. Des Blanches rampent au sol avec plaisir.

Où est Agnès ?

Les bêtes me soulèvent sans ménagement. L'une d'entre elles me saisit et m'empoigne brutalement par l'entrecuisse. J'ai à peine le temps de prendre une respiration qu'elles me jettent dans l'auge.

Par réflexe, je vrille pour tomber sur le dos et dissimuler mon arme. Tout est noir. Je protège mon visage entre mes bras. Mes coudes cognent contre les parois et l'arrière de ma tête contre le fond de l'auge. L'épaisseur de la mélasse a l'avantage d'amortir ma chute. Les Pouyes me maintiennent au fond et appuient sur mes épaules, mon ventre. Ils sont deux, je me débats mais on croirait qu'ils ont vingt mains. Je suis à leur merci : s'ils veulent me tuer, rien ne l'empêchera. La mixture pénètre vite mes narines. Je maintiens mes lèvres aussi serrées que possible. Si je les écarte, si le liquide s'infiltre...

Où est Agnès ?

Après quelques secondes, ils sortent ma tête de l'auge.

« Respire ! » hurle l'un d'eux.

L'ordre sonne comme un encouragement, comme si la bête voulait me protéger. Et cette voix... Je la connais mais suis trop choquée pour mettre un nom dessus. Une respiration et les mains me replongent dans le bain. J'entends le pistolet qui cogne mollement, métal contre métal, au fond du baquet. Les

Pouyes ne me frappent pas, ils jouent avec moi, me déplacent dans l'auge comme un ballot. L'un d'eux en profite pour palper ma poitrine. Si je m'en sors, je les tuerai tous et je commencerai par celui-là.

Une image furtive passe dans mon esprit : mon père en âne blanc. Mon cauchemar me revient : son corps flottant sur le ventre dans la cuve Pouyes, le cul à l'air, les bras déployés, lamentable Christ de basse-fosse.

N'est-ce pas moi finalement qui finirai ainsi ?

Où est Agnès ?

Tout à coup l'étau se desserre, je refais surface. Je crache, passe la main sur mes yeux. Le réel retrouve un peu de sa substance. Les Pouyes ont disparu, évaporés.

Sonnée, je m'extrais de l'auge. J'ai avalé de la lie de vin et peine à respirer. En enfonçant un doigt au fond de ma gorge, je me fais vomir. L'air revient. De l'air vicié, mais de l'air.

Quelque chose gonfle en moi sans que je puisse le contrôler : un rire. Un rire furieux et hystérique. Cela ne dure que quelques secondes avant que, de mon estomac, remonte de nouveau la cuvée : je la vomis. L'acidité brûle ma gorge. Je voudrais boire de l'eau claire, maintenant.

La pluie tant attendue se met à tomber tout à coup. Violemment. Il n'y a pas eu d'éclair, pas de coup de tonnerre. Les Cévenoles ne préviennent pas.

Il faut que je m'éloigne. Marcher, la jambe traînante, rejoindre là-bas ce platane que le vent rançonne, m'y abriter le temps nécessaire. Trente mètres tout au plus.

Une Blanche, fuyant un Pouye, me bouscule. Je reste debout au prix d'un effort éprouvant. Vingt mètres. Je croise le regard de mon père qui ne me reconnaît pas : la fumée, la pluie, je suis un pantin violet parmi d'autres. Mes cheveux collés au visage, mes épaules basses, plus rien ne dit qui je suis. Surtout, je ne devrais pas être là. « T'emballe pas. » Dix mètres.

Où est Agnès ?

Je m'effondre enfin derrière le platane, reprends mon souffle, la bouche grande ouverte, essuie mon visage, frotte mes gencives et mes dents entre mon pouce et mon majeur pour les débarrasser des excréments qui les tapissent. Reprendre mes esprits. Foutre le camp. Qu'est-ce que je fais là !? L'odeur fétide s'est infiltrée en moi, mon corps est douloureux, Agnès a disparu.

Je m'adosse au platane et une décharge électrique traverse mon corps : le pistolet n'est plus dans mon dos. Je me redresse vivement, panique, glisse mes mains le long de mes cuisses, de mes fesses, dérisoire espoir, regarde autour de moi : l'arme n'est nulle part. Elle est tombée dans le baquet, ça ne fait pas de doute. Prenant appui contre le platane, je regarde vers l'auge.

Et je le vois. Penché au-dessus du bac où j'ai cru me noyer, je vois ce Pouye, les bras plongés dans la *bañha*, tâtonnant de droite à gauche. Il marque soudainement un temps d'arrêt. Je sais ce qu'il a trouvé. Retirant ses bras de la lie, il porte devant ses yeux le Beretta dégoulinant de mon père. Il le contemple. Même de là où je suis, je vois ses yeux briller à travers les deux trous percés dans le rabat. Le Pouye regarde autour de lui, constate que personne ne l'a repéré. Il glisse l'arme dans son pantalon de toile et détale.

À mes pieds, j'avise un gros caillou, le genre de pavé qu'on utilise pour délimiter les zones autour des gros arbres et que les racines descellent tôt ou tard. Ce n'est pas un pistolet mais c'est déjà ça : j'imagine mal un crâne résister à un tel morceau de granite.

Je le saisis pour me défendre d'une probable nouvelle attaque et, comme un cadeau du destin, repère au même instant Dorian à quelques mètres de moi. Il n'est pas difficile à identifier avec son plastron La Poste. Lui ne m'a pas vue derrière le rideau de pluie ininterrompu. Je n'hésite pas une seconde et fonds sur lui.

Il me tourne le dos mais cela fait longtemps qu'il n'est plus question d'honneur entre nous. Un coup d'œil à droite, un autre à gauche, cette fois personne ne le sauvera.

Je lève la pierre. Il est à ma merci… mais je n'ai pas le courage de lui fracasser le crâne. Je ne veux pas le tuer. Alors j'abats la pierre dans son dos, juste sous la nuque. Aussitôt, il pousse un hurlement de douleur et s'effondre. Au sol, il gémit et jure en roulant. Déjà d'autres Pouyes, alertés par ses cris, approchent. Je lâche la pierre sur la cage thoracique de Dorian, lui tirant un nouveau cri moins puissant que le premier – la paille sous le plastron protège – mais plein de rage. Il vient de reconnaître mon visage.

Je détale. Il faut que je rejoigne le bord zone : je n'emmènerai pas Agnès avec moi, pas maintenant, et je ne triompherai pas de Dorian. Je n'ai plus d'arme, plus l'avantage de la surprise.

Surtout, j'ai compris que ce que je fais n'a aucun sens. Agnès n'est pas là et je ne veux pas crever ici. Si j'atteins le bord zone, je pourrai me sauver et partir. Avec ou sans elle.

Les ruelles que je dois emprunter pour sortir du piège, je les connais par cœur : enfant, je les ai dévalées des centaines de fois et, adolescente, arpentées de bas en haut, cigarette à la bouche. D'abord rejoindre l'escalier Rebours, une ruelle étroite héritée du Moyen Âge. Je sais le meilleur moyen. Si nécessaire, je roulerai jusqu'en bas, au risque de me casser quelques os, et déboucherai sur l'avant-cour Casalta, le bord zone le plus proche, une avancée de terre et de gravier flanquée de bancs où les vieux font sécher leur peau. L'avant-cour surplombe le Viranque qui coule quelques mètres plus bas, à l'abri d'épaisses ronces et broussailles. Je m'en fais tout à coup l'image d'un paradis. D'ici à l'Éden, je sais que je vais devoir courir et recevoir des coups. Certainement. Je dois sauver ma peau coûte que coûte.

« La pute ! hurle Dorian. Chopez-la ! »

Cette harangue violente a pour objectif de rallier ses troupes : je suis la proie, l'animal à tuer. J'accélère autant que je le peux mais un Pouye se dresse en travers de ma route, bouchant l'accès à la première ruelle que je comptais emprunter. Il est statique, pas bien épais, je suis en mouvement et plus grande : il est battu d'avance. Je rassemble mes forces et, d'un coup de reins, j'évite ses mains et le renverse en le percutant, épaule en avant.

La route est ouverte. Ne pas me retourner, courir vite malgré la fatigue et mon corps amoché. L'instinct de survie me porte. L'adrénaline aussi.

La pluie redouble de violence. La drache cévenole. Des gouttes plus grosses que des grêlons éclatent sur les pavés : elles dessinent des milliers de cratères dans la bouillie Pouyes qui recouvre tout. Le sol est glissant, je tombe à plusieurs reprises. Mon genou saigne : le sang imbibe le tissu de mon pantalon. Ma main aussi est blessée et mon bras entaillé. Le sang coule de mon nez jusqu'entre mes lèvres. Du revers de la main, je l'essuie d'un geste vif et l'étale sur ma joue. Les odeurs se mélangent : la merde, le vin, le soufre des pétards. Et le bûcher qui brûle. La fumée envahit tout le village. Mon père et les servants sont à l'œuvre sur la place centrale : ils alimentent l'immense feu où l'on brûlera les Poupettes. On dansera, on se saoulera à la carthagène et certains finiront par baiser dans les rues.

Alors que j'encape une rue perpendiculaire, des cris éclatent dans mon dos : ils sont plusieurs, cinq ou six. Je ne me retourne pas. Ils ne sont pas loin, avancent lentement mais avec méthode : ils ont un plan. Ce sont des rabatteurs. Les bêtes de proie, les furieuses, celles qui jouent puis qui tuent, m'attendent sûrement au coin de la prochaine ruelle. Ou de la suivante. Peu importe, elles sont là quelque part, prêtes à bondir. Je n'ai pas d'autre choix que de me précipiter vers elles : je suis la pathétique proie à bout de souffle que les chiens rabattent vers les chasseurs armés, avinés et lourdement bottés.

Qu'est-ce que j'ai cru ? Pauvre conne ! J'ai même réussi à perdre le pistolet de mon père. Les brutes gagnent toujours, je le sais pourtant, on me l'a appris. Maîtres ou esclaves, hommes ou femmes, les brutes les écrasent tous. La violence est imbattable.

C'est l'histoire de la plus imbécile des brebis qui s'est jetée sans réfléchir dans la gueule du loup.

Je me remets en marche sachant que, dans mon dos, toutes proches, des silhouettes se joignent et viennent grossir la meute. Tenant le mur de ma main gauche, traînant ma jambe ensanglantée, haletante, je parviens encore à avancer. C'est mon objectif : mettre un pied devant l'autre. Et sans tomber. J'aborde la ruelle versant en son milieu vers l'escalier Rebours. Juste après la boutique d'antiquités que de grands panneaux de bois protègent. Ils sont tenus par des chevillons qui bavent de rouille. J'entends le bruit de la rouille. Ce n'est pas une plainte, c'est quelque chose d'obscène. Posé sur le poteau où je l'ai laissé la nuit dernière, mon casque de moto observe la scène, impassible. La vision me glace. J'ai l'impression que c'est ma tête qui est empalée là.

Quelques mètres. Quelques mètres encore pour m'en sortir. Ma mère surgit dans mon esprit, son visage rond penché vers moi, elle chuchote des mots au-dessus de mon lit. J'ai huit ans, je me suis blessée à un match de tambourin.

« C'est rien, Maria, tu vas te remettre vite fait. Tes os sont solides. Comme ton coquin de père. »

Un Pouye massif émerge soudain de l'escalier. Je m'arrête en manquant glisser.

Son corps est secoué par les grandes inspirations qu'il prend pour retrouver son souffle après l'ascension des marches. La paille et le plastron en toile de jute tiennent chaud, son masque l'empêche de prendre de l'air et sa cervelle doit bouillonner sous le chapeau claque. Il ne me voit pas et s'élance vers la droite. La voie est libre, je vais pouvoir dévaler l'escalier Rebours. Je suis sauvée.

« Elle est là ! » rugit une voix dans mon dos.

Le Pouye interrompt brusquement sa course, se tient dos à moi quelques secondes. Puis il se retourne lentement et se redresse en même temps. Le plastron floqué La Poste. Dorian. Il semble grossir, et grandir, prêt à dévorer tout l'espace : il est effrayant.

Il pleut tant.

J'imagine le sourire carnassier sous le masque. Il jubile, il va me passer au fer et en jouir. Ensuite, il ne restera plus rien de moi. Comme Sancho.

Cherchant une échappatoire inespérée, je fais volte-face mais d'autres Pouyes sont là, tout proches. Ils ont cessé de courir, plus la peine, je suis coincée. Ils sont six, sept peut-être, et avancent à pas lents. Ils bavent sur le juteux morceau de viande. Ils me laisseront à Dorian et s'amuseront peut-être ensuite avec mon corps. Bien fait pour ma pogne, je suis une conne.

C'est l'histoire d'une fille très conne amoureuse d'une fille insaisissable.

« Fréquents sont les morts. »

Bien, voilà qui a du sens, finalement.

Dorian s'approche de moi et tire un couteau de sous son plastron. Un cran d'arrêt. Il avance, la lame, longue et effilée, pointée vers moi. Il fait tourner son poignet, en fouettant l'air avec son arme.

Si j'arrive à éviter le coup de lame, si j'arrive à renverser Dorian, je pourrai peut-être atteindre l'escalier. C'est la seule possibilité.

« Dis donc, ce serait pas la pute qui a voulu me péter l'épaule ? demande Dorian, amusé. Et par-derrière en plus. »

Je suis fatiguée d'entendre toutes ces insultes. Alors je me lance vers Dorian, le bras en avant, avec le peu de force qu'il me reste.

Mais pas pour frapper. Je croche la jugulaire de mon casque accroché au poteau, fais encore trois pas et abats le casque sur le bras qui tient le couteau. Il y a un bruit terrible d'os cassé puis le cri de Dorian. Il lâche la lame. Emportée par mon élan, je le percute. Nous tombons au sol. Je le sens plus fragile qu'auparavant.

Le corps est moins tendu. Nous nous agrippons, roulons l'un sur l'autre.

« Tu m'as pété le bras ! » me crache-t-il au visage entre deux gémissements.

Il reste plus fort que moi, plus massif, mais son bras lui arrache des cris et je le sens affaibli. Je cogne encore son membre blessé, le tords, fais peser mon poids dessus autant que je le peux.

« Lâche-moi, putain ! »

Ma main tombe sur le cran d'arrêt qui traîne au sol et je l'empoigne.

Un terrible coup de tonnerre retentit. La pluie redouble, une douche violente.

Je me retrouve à califourchon sur Dorian. Mon tee-shirt détrempé laisse voir mes seins, leurs aréoles sombres. Mon pantalon, collant à ma peau, révèle mes fesses et mon pubis. Je me vois nue, animale à mon tour.

« Je vais te... » commence-t-il, mais je pose la lame sur sa gorge.

« Tu vas quoi ?! dis-je en approchant mon visage du sien. Tu vas quoi ? »

J'appuie un peu sur la lame.

« Fais pas la conne, Maria. C'est qu'un jeu... » se défend-il à voix mesurée, sans plus oser bouger.

Je me redresse, éloigne la lame de sa gorge et la pointe quelques centimètres devant son œil.

« Un jeu ? Tu aimes jouer ? »

Je rapproche la pointe de la lame.

Un second coup de tonnerre éclate, comme un écho au premier. Le son est bien différent cependant. Et celui-ci me jette en arrière. J'ai l'impression que la foudre s'est abattue directement dans mon ventre. Je me relève mais la lame m'échappe des mains. Comme le cancrelat qu'il est, Dorian s'éloigne vers sa petite bande en se déplaçant en arrière, sur le cul et aussi vite qu'il le peut.

La pluie se fait furieuse.

Je baisse le visage vers mon ventre, là où le tonnerre a frappé. Là où une violente contraction m'a saisie. Là d'où coule le sang.

« Fréquents sont les morts. »

La douleur irradie dans mon corps tout entier. Elle est une bonne enseignante et me révèle une chose : je suis une idiote. Il est tard pour le comprendre.

Il pleut tant. Cette pluie, c'est comme des milliers de coups de griffes. C'est peut-être elle qui m'empêche de bouger, de déplacer ne serait-ce qu'un pied. Mes habits sont gorgés d'eau, couverts de merde et de lie de vin. Ils sont bien trop lourds pour que j'ose faire un pas.

J'hésite à lâcher prise, à me laisser partir quand, enfin, elle surgit avec ses mille dents et son visage lumineux.

Agnès est accompagnée de Fanny, d'une autre silhouette féminine et d'un Pouye. Elle crie mais je n'entends pas. Elle dit des mots mais je ne comprends pas. À la vue du sang qui imbibe les fibres de mon tee-shirt et se propage vers mon pantalon, elle se fige puis observe les bêtes. Moi aussi, pour la première fois, je les vois distinctement. Et je comprends. Un Pouye tient l'arme de mon père pointée vers moi. Le canon fume.

Agnès se jette sur l'homme armé et arrache son rabat. Elle étouffe un hurlement. Je suis pétrifiée.

Ni Dorian ni personne n'a un regard pour le tireur. Ils ont revêtu ensemble le costume de Pouye quelques heures plus tôt, ont partagé une bouteille de carthagène, un paquet de cigarettes. Ils savent qui est qui.

Miki. Le visage découvert, il a l'air ailleurs, loin d'ici, sur une autre planète. Suffisamment loin pour ne pas voir que c'est sa main qui tient le pistolet, que c'est son index qui a pressé la détente. Que c'est lui qui m'a tuée. Un chouette garçon, Miki, je l'aime bien.

« Miki… Pourquoi ?… » bredouille Agnès comme s'il y avait un sens à tout ça.

Mon ventre brûle, loin dans les entrailles. C'est tout ce qu'il y a à savoir. Et ça n'a aucun sens.

« Elle… elle allait le planter… » bafouille Miki.

Non, je n'allais pas le planter. Peut-être l'a-t-il sincèrement cru. Je m'en fous, je ne juge pas. Je sais qu'il ne me reste pas beaucoup de temps, la douleur me le dit, elle me parle sans méchanceté mais d'une voix ferme. Nous sommes maintenant intimes, elle et moi.

« Tu vas y rester ma vieille », susurre-t-elle.

Peu importe, je veux simplement, une dernière fois, regarder Agnès, son visage défait mais si beau, ses yeux rougis, ses lèvres tremblantes, son corps comme un roseau, ses cheveux blonds agglomérés en une masse dense sculptée par la pluie et la lie de vin. Elle est belle : une beauté rare et précieuse.

De nouveau, elle articule mon prénom mais reste près de Miki, elle ne s'approche pas de moi. Trois mètres à peine nous séparent. Elle ne les franchit pas. Sa main tient toujours fermement le masque de mon inattendu bourreau.

Miki, Dorian, les autres, tous disparaissent. Il n'y a plus qu'elle, Agnès « la Blanche ». Autour d'elle, sa lumière. Tout est de plus en plus flou : une masse grise et ocre figée sous la pluie, un décor, des figurants. Je détache ma main écarlate et poisseuse de mon ventre sans en ignorer la conséquence : le sang gicle abondamment. L'hydre recule d'un pas. Agnès, elle, n'a pas un mouvement. Trop de choses se passent en elle. Ou peut-être rien. Je tends ma main vers elle. Agnès laisse tomber le masque. Entraîné par un flot violacé, il est vite happé par un caniveau.

Agnès, hébétée, observe ma main tremblante, mon ventre troué par la balle. Le sang s'écoule.

« On se casse », glapit Dorian.

Mais personne ne bouge. Il fait un pas vers Agnès.

« Agnès ! Ils vont foutre Miki en prison ! »

Elle ne dit rien. Elle attend autre chose.

« Agnès… » ânonne Miki sur le ton de la supplique.

Son visage change soudainement, son corps se redresse. C'est la supplique de son frère qu'elle attendait. Sa loyauté : Agnès fait un pas en arrière et cache son visage derrière l'épaule de Miki.

Je ne lui en veux pas. Je l'ai trop aimée pour ça.

Portée par une inspiration soudaine, comme Agnès à la rivière, je lève mon pied droit et le place à l'équerre de mon genou gauche. Personne n'y comprend rien. Sauf elle bien sûr, qui fond en larmes en s'accrochant à son frère.

Une contraction brûlante me tord en deux et je m'effondre. Ma tête percute violemment les pavés : je n'ai eu ni la force, ni le réflexe, ni le désir peut-être, de mettre mes bras en opposition.

« Maria ! »

Agnès a hurlé mon nom.

« On fout le camp ! »

C'est Enzo qui a parlé cette fois, j'en suis certaine.

La joue contre le sol, une flaque de sang, mon sang, s'élargissant devant mes yeux, j'aperçois quelques morceaux de l'image. La pluie, encore et toujours, martèle les pavés. Des pieds s'éloignent en courant. Un Pouye chute, se relève, aidé par un autre. Un bas de pantalon de Blanche, peut-être celui d'Agnès, tourne au coin de la rue. Et puis plus rien, pendant quelques secondes.

Un visage tombe devant mes yeux. Sa bouche crie mon nom : la voix de mon père perce le silence. Je le distingue mal mais c'est lui, la forme m'est familière, l'haleine aussi. Il pose sa main sur mon ventre, là d'où jaillit le sang.

« Bouge pas Maria, bouge pas ! »

Je mobilise mes dernières forces pour m'agripper à son bras, plantant mes ongles dans sa chair, le tirant vers moi. Il approche son oreille de ma bouche. Péniblement, je souffle quelques mots. Je suis certaine qu'il comprendra plus tard.

« La lettre… La charogne…

— Dis rien. Respire. »

Mon père s'agite frénétiquement mais sans ôter sa main de mon ventre débondé. Il regarde à droite, à gauche. Ses genoux font l'essuie-glace. Il y a maintenant d'autres jambes, d'autres pieds.

« Un portable ! Quelqu'un a un putain de portable ! ? » rugit mon père.

Il se penche à nouveau vers moi. Ses yeux brillent.

« Tiens bon, Maria. Un portable, merde, un portable !

— La charogne… »

Le sang envahit mes yeux. On naît, on meurt et ça ne change rien au cours des choses. De minuscules bulles, des dizaines, éclatent à la surface de mes globes oculaires. Le rouge vire au noir. C'est tout. Ce n'est plus mon bruit.

REMERCIEMENTS

Je remercie, tout particulièrement, Jean-Marc Salinas, Émilie Dubois et Chloé Deschamps.

Merci également à Céline Escolano, Momette, Flora Valadié, Marion Pic, Emma Laudinat-Greenaway, Ariane Blayac, Dorothée de Cabissole, Laetitia Katsanis, Jérôme Alby, Emmanuelle Lépine, Valentine de Blignières, Alexi Bravard, Séverine Modzelewski, Bruno de Cabissole, Julie Miecamp, Maylis Dubreuil, Laurence Tardieu, Julien Bagnol-Roy, Dominique Rembauville, Marine Perrin, Lam Le Thanh, Amar Bouacheria, Caroline Papeix et Pauline Caillat.

Toute mon amitié et mon affection à Martine Boutang, la femme que j'aimerais être.

Cet ouvrage a été imprimé
par CPI Brodard & Taupin
pour le compte des éditions Grasset
à La Flèche (Sarthe)
en janvier 2024

Mise en pages Maury-Imprimeur

PAPIER À BASE DE
FIBRES CERTIFIÉES

Grasset s'engage pour
l'environnement en réduisant
l'empreinte carbone de ses livres.
Celle de cet exemplaire est de :
500 g éq. CO_2
Rendez-vous sur
www.grasset-durable.fr

N° d'édition : 23021 – N° d'impression : 3055428
Dépôt légal : février 2024
Imprimé en France